TITUS
VERLAG

Das Buch

»Warum auf eine Frau festlegen, wenn man täglich eine andere haben kann?« Dies ist das Motto des gutaussehenden Schlagzeugers Joshua. Doch eines Tages weckt ein geheimnisvolles Mädchen sein Interesse, und alle bisherigen Vorstellungen von einem perfekten Leben geraten kräftig ins Wanken. Gefangen im Gefühlschaos beginnt er plötzlich, doch an die große Liebe zu glauben.

Die Autorin

Tanja Jasmin Nasir wurde am 20. Oktober 1981 in Frankfurt geboren. Bereits im Kindergartenalter unterhielt sie ihre Eltern mit ausgedachten Geschichten, wo ihre Leidenschaft zum Schreiben ihren Ursprung fand. »Am Anfang war die Mail« ist Tanja Nasirs erste Veröffentlichung als Autorin.

Weitere Informationen im Internet unter **www.titus-verlag.de**

Am Anfang war die Mail

von

Tanja Nasir

TITUS
VERLAG

Titelcover: Titus Verlag
Lektorat und Buchsatz: Sascha Ehlert
Druck und Bindung: AALEXX Buchproduktion

Gedruckt in Deutschland

1. Auflage 2011

Bibliografische Information der Deutschen Bibliothek
Die Deutsche Bibliothek verzeichnet diese Publikation in der Deutschen Nationalbibliografie; detaillierte bibliografische Daten sind im Internet über http://dnb.ddb.de abrufbar.

ISBN 978-3-942277-23-5

Von: Sophie88@webnmail.com
Gesendet: 05.02.09
An: joshua@dta.de
Betreff:

Hi …

Ich möchte eine Geschichte erzählen, die mir so laut im Kopf umherschwirrt, dass ich davon Kopfschmerzen bekomme. Ich will die schmerzende Realität für eine Zeit verlassen und mich der Fantasie hingeben. Ich würde mich freuen, wenn du mich begleitest …

Das Konzert

DONNERSTAG. Seit Tagen freute ich mich auf diesen Abend. Es sollte mein erstes und wohl auch letztes Konzert meiner neuen Lieblingsband ›Dark Tower Alliance‹ werden. Ich hatte mir für den Nachmittag Urlaub genommen, doch es fiel mir schwer, mich am Morgen auf meine Arbeit zu konzentrieren.

Aufgeregt und appetitlos ackerte ich mich durch die Ordner auf meinem Schreibtisch. Gott sei Dank kamen heute nicht so viele E-Mails. Auch das Telefon nervte mich ausnahmsweise nicht. Mein Kaffeebecher stand neben der Tastatur. Als ich mich ein Stück vorbeugte, sah ich, dass er noch halb gefüllt war. ›Mist!‹

Da hatte ich mir extra für 3,80 Euro einen Latte macchiato Karamell gekauft, und jetzt war er einfach auf meinem Schreibtisch gestorben.

›Hm, ich könnte ihn kurz in die Mikrowelle stellen. Nein!‹ Ich schüttelte den Kopf.

Das würde jetzt nur Zeit kosten. Ich musste unbedingt den Stapel vor mir los werden, damit ich mit einem guten Gewissen um eins gehen konnte. Ich versuchte, mich wieder auf die Daten zu konzentrieren.

Zur Information: Ich arbeite als Sachbearbeiterin bei einer Versicherung. Wenn sich Kundendaten ändern, Schadensfälle gemeldet werden oder Hans-Jürgen Wischnewski irgendeine Frage zu seinen Tarifen hat, dann tippe ich das in meinen PC. Ich weiß, es ist nicht der aufregendste Job der Welt, aber er ist sicher. Pünktlich am Monatsende erhalte ich mein

Gehalt, und damit komme ich auch gut aus. Dafür sollte man in der heutigen Zeit dankbar sein, nicht wahr?!

Ich schaute mich kurz um. Normalerweise waren wir hier zu viert. Doch Birgit hatte heute Urlaub, und Claudia war auf einem Lehrgang. Nur Susi saß mir gegenüber. Sie war ebenfalls damit beschäftigt, irgendwelche Daten in ihren PC einzugeben. Sie achtete nicht auf mich. Ich nutzte den Moment und öffnete den Ordner ›Nadia Privat‹. Dort klickte ich auf den Unterordner ›Fotos‹. Normalerweise konnte ich mich nicht entscheiden, welches Bild ich mir zuerst ansehen sollte, doch heute war mir das egal. Ich vergrößerte gleich das Erste und schaute in die schönsten braunen Augen der Welt. Sofort zauberte sich dieses dümmliche Grinsen auf mein Gesicht, und ich legte den Kopf verträumt seitlich auf die Schulter. Dazu einmal tief ein- und ausatmen. Ich weiß, wie dämlich das aussieht, doch ich bin absolut machtlos. Dagegen kann ich mich nicht wehren. Um diese Augen herum befindet sich das schönste Gesicht der Welt mit dem schönsten Lächeln, das es geben kann. Und dieses Gesicht gehört Joshua Streta. Seufz!

Er ist Schlagzeuger einer Band aus Köln, die gerade dabei ist, in Deutschland richtig durchzustarten. ›Dark Tower Alliance‹, kurz ›DTA‹ genannt.

Die Band besteht aus fünf Jungs die Anfang bis Mitte 20 sind. Fünf Freunde. Nicht zusammengecastet. Es war absolut reiner Zufall, dass ich auf diese Band aufmerksam geworden bin.

Gibt es eigentlich einen Unterschied zwischen Zufall und reinem Zufall?

Als ich letzten Monat mit einer dicken Erkältung vier Tage krankgeschrieben war, habe ich oft bis drei Uhr morgens ferngesehen.

Kennt ihr das auch, dass eine Erkältung nachts immer am schlimmsten ist? Und tagsüber kann man sich eigentlich ganz gut ausruhen.

Jedenfalls lief da auf einem Musiksender ein Bericht über Newcomer. Und die Jungs von ›DTA‹ wurden vorgestellt. Joshua fiel mir sofort auf. Obwohl der Frontmann und Sänger Sven im Mittelpunkt stand und alle Fragen geduldig beantwortete, konnte ich meinen Blick nicht von Joshua wenden. Er stand am Rand in seinen zerfetzten Jeans und dem roten T-Shirt. Er trug einen modernen dünnen Schal und ausgelatschte Chucks. Er lächelte charismatisch in die Kamera. Zustimmend nickte er, wenn der Reporter sich an ihn wandte und Bestätigung suchte. Außerdem zwirbelte er unauffällig einen kleinen Faden auf, der von seinem Shirt zu kommen schien. Interessiert guckte ich mir den Rest des Beitrages über die Band an und googelte sie gleich am nächsten Tag. Auf der Homepage registrierte ich mich in der Community und las mir das Gästebuch sowie einige Foreneinträge durch. Die Fanbase war noch ziemlich klein, und der Altersdurchschnitt lag etliche Jahre unter meinem. Die Jungs hatten Fotos von ihren ersten beiden Shootings online gestellt, und ich konnte mich einfach nicht satt sehen. Natürlich kam ich mir dabei wie ein typischer Teenie-Fan vor, aber das störte mich wenig. Ich lud eifrig die Bilder auf meinen PC und bestellte mir im Fanshop gleich das Album und einige Fanartikel. Nichts Besonderes, nur einen kleinen Anstecker, ein Schweißband, einen Schlüsselanhänger, ein T-Shirt, einen Kapuzenpullover, eine Jacke und einen Stringtanga. Selbstverständlich ging es mir bei der Bestellung nur darum, die Band zu supporten.

Ich weiß noch genau, wie ich mich freute, als das Paket endlich ankam. Meine Erkältung war abgeklungen, und ich legte gespannt das Album in meinen CD-Player. Zuerst spielte ich alle Lieder nur kurz an. Ich hatte einfach keine Geduld. Nachdem ich überrascht war, was für einen rockigen Sound die Jungs da fabrizierten, zog ich mir den Kapuzenpulli an und groovte zu den Nummern durch die Wohnung. Die Anlage drehte ich voll auf, und mit dem Booklet in der Hand grölte ich sämtliche Lieder mit. Die Musik gefiel mir mehr als gut. Um die ganze Stimmung perfekt zu machen, streifte ich mir das Schweißband über und zog das T-Shirt unter den Kapuzenpulli. Zur Sicherheit ließ ich die Jalousien herunter, denn mein Nachbar, Herr Gartenwein, ist ziemlich neugierig. Ich hüpfte und sprang über eine Stunde in meiner Wohnung herum, bis ich mit hochrotem Kopf erschöpft auf die Couch fiel.

Wow, ›DTA‹ infizierte mich vollständig. Ich besuchte regelmäßig die Homepage und schaute mir an, wo die Jungs auftraten. Als ich sah, dass sie nach Gießen kommen würden, musste ich mir ein Ticket bestellen.

Keine meiner Freundinnen begleitete mich zu dem Konzert. Zum einen war es leider mitten in der

Woche, und zum anderen wussten meine Mädels nichts von ›DTA‹. Und irgendwie war ich nicht bereit, diese Jungs mit ihnen zu teilen. Ich wollte dieses aufregende Abenteuer für mich alleine haben.

Um allerdings nicht total alleine auf der Veranstaltung herumzustehen, hatte ich mich im Vorfeld mit zwei Mädchen aus Fulda verabredet. Die beiden hatte ich in der ›DTA‹-Community kennengelernt.

Jetzt saß ich also voller Vorfreude im Büro und starrte Joshua an. Ich würde ihn endlich live sehen. Das konnte ich kaum glauben. Mit einem breiten Grinsen schloss ich die Anwendungen auf meinem Bildschirm, die die Fotos zeigten, und konzentrierte mich erneut auf meine Arbeit.

Als es endlich soweit war und ich meinen PC herunterfuhr, verstaute ich ungeduldig meine Sachen und räumte meinen Schreibtisch hektisch auf.

Susi blickte mich verwundert an, doch ich schnatterte ein aufgeregtes: »Ich muss los, … ich muss los!«

Während ich auf den Fahrstuhl wartete drückte ich tausendmal die Abwärtstaste. Davon kommt der Aufzug nicht schneller, aber irgendwie hat man das Gefühl es würde ihn beeinflussen. Als ob der Fahrstuhl sich dann denkt: ›Man, die hat es aber eilig! Dann werde ich sie mal als Erstes befördern!‹

Ist natürlich Quatsch. Erhöht man damit nicht vielleicht sogar die Gefahr, ihn kaputt zu machen? Durch einen Kurzschluss oder so was?

Als der Fahrstuhl endlich kam, drückte ich genauso oft die Tiefgaragentaste - wie zuvor die Ruftaste.

Nachdem ich ein gefühltes Jahr später endlich im Parkhaus ankam, lief ich zu meinem Auto. Per Fernbedienung entriegelte ich die Türen und riss die auf der Fahrerseite auf. Meine Handtasche flog auf die Rückbank, und ich ließ mich auf den Sitz fallen. Im Handschuhfach war mein Navigationsgerät verstaut. Die Adresse der Halle hatte ich bereits gestern eingetippt. Ich nahm es heraus, steckte das Gerät zittrig in die Halterung und startete den Wagen. Da hier unten keine Verbindung zu dem Satelliten hergestellt werden konnte, fuhr ich zur Ausfahrt. Ich fädelte mich in den zäh fließenden Verkehr ein und wartete auf die vertraute Frauenstimme. An der ersten Ampel angekommen, sprach sie auch schon zu mir. »An der nächsten Kreuzung rechts fahren.«

Alles klar. Zur Einstimmung ließ ich das Album von ›DTA‹ laufen und sang die Lieder mit.

Eine Stunde später rollte ich in die Zielstraße ein und sah einen großen Parkplatz. Er war bis auf drei Autos noch völlig leer.

›Tja, von den anderen Fans ist wohl noch niemand volljährig!‹ Gehässig kicherte ich, stellte meinen Wagen in den Schatten und blieb einen Moment reglos hinter dem Lenkrad sitzen.

Es war erst früher Nachmittag. Auf der Eintrittskarte stand, dass der Einlass um 19 Uhr beginnen würde. Ich hatte noch unendlich viel Zeit. Ich stieg aus und erkundete das Gelände um die Halle herum. Ob die Band hier schon irgendwo war? Oder ob sie gerade in der Halle den Soundcheck machte? Angestrengt lauschte ich, konnte aber nichts hören. Lässig schlenderte ich zur Hauptstraße und guckte mich um. Vielleicht gab es ja irgendwo ein Café in der Nähe. Da entdeckte ich ein paar Plakate, die an eine Litfaßsäule geklebt waren. Darauf stand, dass ›DTA‹ ab 16 Uhr für eine Autogrammstunde im ›Buyland‹ seien.

Hm, ich wusste zwar nicht wer oder was das ›Buyland‹ war, aber ich hatte eine Vorstellung. Poster oder andere Gegenstände, die ich mir signieren lassen konnte, hatte ich nicht mitgenommen. Jedoch besaß ich meine Kamera und genügend Zeit. Ich schaute mich um und sah ein älteres Pärchen an einer Bushaltestelle stehen. Als ich mich erkundigte, wo das ›Buyland‹ zu finden sei, wurde ich positiv überrascht. Zu Fuß waren es nur fünfzehn Minuten, und so konnte ich mein Auto stehen lassen. Auf dem Weg zu diesem Kaufhaus, hatte ich ein leichtes Kribbeln im Bauch. Meine Hände schwitzten. Aber ich würde ja niemandem die Hand geben müssen. Es dauerte nicht lange, da konnte ich das Zentrum schon sehen. Bei der Vorstellung, dass Joshua in dem Gebäude war, fühlte ich einen eigenartigen Knoten im Magen.

Als ich den klimatisierten Komplex betrat, blieb ich überrascht stehen. Die Menge der aufgeregten Mädchen erstaunte mich sehr. Da waren Hunderte. Sie standen alle hintereinander und bildeten eine riesige Schlange aus Leibern. Ich konnte überall Fotoapparate, CDs und Poster erkennen. Und was absolut nicht zu übersehen war: der Berg an nackter Haut. Meine Güte, die Mädchen hatten alle kaum etwas an. Okay, die waren im Schnitt mit Sicherheit fünf Jahre jünger als ich, aber in meiner Jeans und dem leichten Pulli wirkte ich neben denen wie 40 ... und nicht wie 20.

Als ich den ersten Schock verdaut und meine Gesichtsmimik wieder unter Kontrolle hatte, schlenderte ich umher und schaute mir alles an. Es gab eine Vielzahl von kleinen Geschäften, Bistros und Cafés. An allen Seiten führten Rolltreppen und Aufzüge in die oberen Stockwerke. Das Gebäude bestand überwiegend aus Glas und wirkte dadurch sehr transparent. Im Untergeschoss, wo ich mich befand, war in der Mitte ein Podium aufgebaut. Ein langer Tisch mit fünf Stühlen stand darauf. Ich konnte sehen, dass dieser Bereich mit dicken, roten Seilen abgesperrt war. Dort würde in knapp 40 Minuten Joshua sitzen. Er würde sich im selben Gebäude befinden wie ich. Die gleiche Luft atmen. Wahnsinn!

Als mein Blick wieder auf den Berg halbnackter Jungfrauen fiel, fragte ich mich grimmig, woher die alle von den Jungs wussten. Für mich war die Band ein ultimativer Geheimtipp, und hier sah ich zig Konkurrentinnen, die sogar Fotos dabei hatten, auf denen sie mit den Mitgliedern abgelichtet waren. Manno, wieso hatte ich eigentlich nie Glück? Und wieso waren diese Kinder für mich Konkurrenz? Ich ertappte mich dabei, wie ich mich da in etwas hineinsteigerte.

›Tief durchatmen, Nadia! Dir gefällt die Musik! Du stehst nur auf die Musik! Du bist zu alt, um dich in einen Popstar zu verknallen!‹

Ich lief weiter um das Podium herum und überlegte, wo ich mich postieren könnte. Für ein Autogramm wollte ich mich auf keinen Fall anstellen. Auf meinem Erkundungstrip entdeckte ich ein kleines Café. Dort bestellte ich mir einen großen Milchkaffee to go. Mit dem warmen Becher in der Hand fühlte ich mich besser … und erwachsener.

Ganz nach dem Motto: »Seht ihr, ***ich*** darf sogar schon Kaffee trinken!«

Ich durchquerte die Eingangshalle erneut und positionierte mich schließlich seitlich. Von dem Standpunkt aus hatte ich einen guten Blick auf den ganzen Tisch. Wenn ich Glück haben sollte, würde Joshua genau an dem Rand sitzen, von dem ich nur wenige Meter entfernt stand. Überall hörte man aufgeregtes Geschnatter. Zwischendurch ertönte einer der Vornamen der Jungs, und einige Mädels lachten oder kreischten. Ich wünschte sie alle weit weg. Ich wollte die Band für mich alleine haben. Ich konnte nicht begreifen, wie so junges Gemüse auf erwachsene Jungs stehen konnte.

»Du bist ja eifersüchtig«, sagte eine kleine innere Stimme belustigt.

›Ich? Eifersüchtig? Auf die Kids? Quatsch, … nur tot wären sie mir halt lieber.‹

Ich rümpfte die Nase und dachte mir, dass die meisten hier die tiefgründigen Texte nicht verstanden. Pisa-Studie lässt grüßen. Hauptschule auf Wandertag!

In den liebreizenden Gedanken verloren, trank ich meinen Kaffee. Die Leute um mich herum rückten mir immer näher auf die Pelle. Ich fühlte mich irgendwann total eingeengt. Gerade als ich etwas sagen wollte, trat eine junge Frau mit einem Mikrofon auf das Podium, und die Menge begann zu kreischen.

Boah, war das laut! Die Frau versuchte einige Minuten lang, die vielen Mädchen zu beruhigen. Als sie es endlich geschafft hatte, kündigte sie die Band an. Alle brachen erneut in hysterisches Geschrei aus. Genervt hielt ich mir die Ohren zu und bemerkte nicht, dass ich ganz laut mitschrie. Eine erbärmliche Lightshow setzte ein, und die Fünf betraten das Podest. ›Huch, wo sind die denn auf einmal hergekommen?‹

Ein Blitzlichtgewitter regnete auf sie hinab. Ich stand da und gaffte mit offenem Mund zu Joshua hinüber. Natürlich saß er genau am anderen Ende des Tisches. Da ich ja seitlich stand, hatte ich vier berühmte Köpfe im Weg. Ich konnte Joshua nur dann sehen, wenn er sich gerade vor- oder zurückbeugte oder die anderen Bandmitglieder sich alle bewegten. Mit kalten Fingern packte ich meine Kamera aus. Sven begrüßte die Fans und plapperte fröhlich ins Mikrofon. »Hallo Gießen, wir freuen uns sehr, hier bei euch zu sein!«

Er erzählte, was die Jungs bisher erlebt hatten und spaßte mit den Girls. Dann öffneten Angestellte der Security das Absperrband und ließen ein Mädchen nach dem anderen auf das Podest.

›Boah, in dem Tempo dauert die ganze Geschichte fünf Jahre.‹

Verlegen knipste ich ein paar Bilder. Als ich sie mir auf dem Display anschaute, bemerkte ich aber, dass Joshua auf keinem Bild gut zu sehen war. Dafür guckte auf dem letzten Foto der Gitarrist Marco genau zu mir. Ich blickte wieder zum Tisch, doch jetzt signierte er gerade Poster.

Ich blieb noch einige Zeit dort stehen und versuchte, mir klar zu machen, dass ich Joshua lebendig vor mir hatte. So oft hatte ich mir seine Fotos angeschaut. Jetzt saß er dort. Keine zwölf Meter entfernt. Viele der Fans umarmten die Jungs oder gaben ihnen Küsschen auf die Wange. Sie waren alle ganz nahe dran.

Zu jedem Mädchen hatte ich einen passenden Gedanken: ›Fall tot um!‹ - ›Hol dir die Krätze!‹ - ›Krieg Akne!‹ - ›Friss net so viele Pommes!‹ - ›Uh, bei dir hätten die Eltern lieber verhüten sollen!‹

Vor Eifersucht kochend entschied ich mich nach einer Weile, zur Konzerthalle zurückzugehen. Christin und ihre Freundin müssten bald ankommen. Als ich mich durch die Menge zum Ausgang kämpfte, kam ich mir wie ein Spartiat vor, der gegen hunderte von Persern antrat. Genau vor mir waren zwei Mädchen, die Arm in Arm Richtung Ausgang watschelten. Sie hatten beide hochrote Köpfe, und es war nicht zu überhören, was sie sagten. Hysterisch fragten sie sich immer wieder gegenseitig, ob sie wirklich gerade ›DTA‹ umarmt und geküsst hätten.

»Oh, Sven ist so süß, … nein, Josh ist viel süßer! Uh, aber auch Tom«, … bla bla!

Mann, die stellten sich vielleicht an! Ich legte einen Zahn zu und überholte die Zwei.

Im Vorbeigehen zischte ich: »Mann, kriegt euch wieder ein! Oder habt ihr zum ersten Mal ’nen Typen umarmt?«

Die Eine rempelte ich beim Überholen an. Ich glaube, dass sie mir noch ein »Blöde Kuh!« hintergerufen hatten, aber da stand ich natürlich voll drüber! ›Das tangiert mich nur periphere, Schätzchen!‹

An der frischen Luft angekommen, atmete ich erst mal durch und orientierte mich neu. ›Von wo war ich vorhin noch mal gekommen?‹

Zur Sicherheit fragte ich nach dem Weg zurück zur Konzerthalle. Als ich um die letzte Ecke bog, war ich schon wieder überrascht: Vor der Halle hatte sich eine beachtliche Schlange gebildet. Ich stellte mich hinten an und kramte mein Handy aus der Tasche. Oh, ich hatte einen verpassten Anruf. Von Christin. Ich rief zurück. Nach dem zweiten Klingeln nahm sie das Gespräch an. Sie sagte mir, dass sie schon in der Reihe anstand und ich mich einfach nach vorne durchquetschen sollte.

Super! Habt ihr euch jemals in so einer Situation vorgedrängelt? Wisst ihr, wie verständnisvoll das in so einem Moment aufgenommen wird?

Ich fuhr meinen virtuellen Schutzpanzer aus. Dann hob ich einfach wieder mein Handy ans Ohr, tat so, als würde ich noch immer mit Christin sprechen und quetschte mich an den anderen Mädels vorbei.

»Du bist schon da? Echt, … ja, warte ich komme! ... Entschuldigung, dürfte ich mal? Christin, … moment, ja, ich bin gleich da. … Sorry, ich müsste mal vorbei, meine Freundin ist da vorne …«

Ich spürte die Hitze der hasserfüllten Blicke auf meinem Hinterkopf brennen. Ich würde es nicht beschwören, aber ich glaube, einige fauchten mich sogar an.

Endlich erreichte ich Christin. »Hey Nadia, schön, dass du da bist«, begrüßte sie mich herzlich.

Sie stellte mir ihre Freundin vor, und ich erzählte von der Autogrammstunde. Anschließend redeten wir nur noch über die Band. Christin und ihre Freundin standen total auf Sven. Das war mir sehr recht.

Pünktlich um sieben wurden die Türen geöffnet, und es folgte eine heftige Sturm- und Drangphase. Ich wurde regelrecht mit dem Strom in die Halle getragen. Ich glaube, teilweise berührten meine Füße nicht mal den Boden. Wir konnten uns Stehplätze in der fünften Reihe sichern und quakten mit roten Wangen ganz aufgeregt. Nach einer halben Stunde war die Halle gefüllt. Um acht kam eine Vorband auf die Bühne. Aber leider waren die echt mies. Einige Fans buhten sogar. Ich war froh, als die Typen mit ihrem Heavy-Metal-Programm fertig waren und das Licht ausging. Christin griff nach meiner Hand. Sie war kalt und nass. Genau wie meine. Endlich war es soweit, und die Jungs betraten nacheinander die Bühne.

Das Konzert war der Hammer! Noch besser, als ich mir es vorgestellt hatte. Die Fünf wussten, wie man eine Menge zum Tanzen brachte! Sven hatte live ebenfalls eine Super-Stimme. Manchmal wird man da ja von Künstlern bei Konzerten arg enttäuscht.

Nach 90 Minuten war leider schon alles vorbei. Von mir aus hätte es noch Stunden weiter gehen können. Ich hatte die ganze Zeit einen super Blick auf Joshua. Schon nach dem zweiten Song war er total verschwitzt. Sein T-Shirt klebte an seinem Leib, seine nassen Haare in Strähnen am Kopf. Er trug zwar zwei Schweißbänder an den Handgelenken und tupfte sich damit auch öfter ab, aber dennoch tropfte es an ihm herunter. Ich hätte mich am liebsten auf ihn gestürzt.

Nach dem Konzert leerte die Halle sich extrem schnell. Christin schlug vor, draußen zu warten.

»Wenn nicht so viele Leute da sind, geben sie Autogramme. So habe ich die ja schon mal getroffen!«

Stolz zeigte sie mir ihre Autogramme. Neugierig betrachtete ich die Unterschriften. Einen kurzen Moment sah ich vor meinem inneren Auge, wie ich sie ihr aus der Hand riss und mich hysterisch lachend vom Acker machte.

Stattdessen sagte ich nur: »Klar, ... warten wir draußen!«

Nach 20 Minuten kam die Band wirklich aus der Halle. Ich wollte schreien vor Glück. Doch ich hatte keine Stimme dafür.

So hatte sich Arielle also gefühlt, als ihr die Meerhexe Ursula die Stimme raubte und sie Prinz Eric nicht sagen konnte, wer sie war.

Wir konnten sehen, dass die Fünf sofort von Mädchen umringt wurden und geduldig Autogramme gaben. Wir kicherten wie aufgeregte Hühner und näherten uns langsam der Gruppe. Meine Beine waren bleischwer. Jetzt machten sich die eineinhalb Stunden auf Zehenspitzen stehen bemerkbar. Sie bewegten sich steif und grobmotorisch. Die Jungs hingegen waren locker und unterhielten sich ungezwungen mit den aufgeregten Mädchen. Immer wieder baten sie die Fans, sich zu beruhigen. Wie Robocop bewegte ich mich auf Joshua zu. Jetzt stand ich fast vor ihm! Mein Herzschlag beschleunigte sich erneut. Ich war noch nicht völlig ausgepowert nach dem Konzert. Mir wurde heiß, kalt, schlecht …! Es flatterten Schmetterlinge in meinem Bauch. Ich fühlte mich wie in der Achterbahn.

Plötzlich, ***es*** geschah! Josh hob seinen Kopf und sah mir direkt in die Augen. In diesem Moment stand die Erde still. Er schaute mich an. Nur mich. Ich versank in seinen wundervollen Augen und lächelte. Er grinste ebenfalls.

Wie ein Depp hielt ich ihm wortlos meine Eintrittskarte hin. Verdammt! Warum hatte ich nichts Besseres? Typisch!

Ich sah, wie er die Lippen bewegte und fragte: »Mit Widmung?«

Joshua klang höflich, distanziert, routiniert, als wäre er gerade auf der Arbeit, in einem Kundengespräch. War er das nicht irgendwie auch?

Ich lächelte weiter und nickte. Irritiert schaute er mich weiterhin an. »Und dein Name ist …?«

Den Kopf legte Jo leicht schief und zog die Augenbrauen hoch. Er sah zum Anbeißen aus.

»Nadia. Mit I.« Es war ein raues Flüstern, meine Stimme versagte vor Aufregung.

Joshua runzelte leicht die Stirn und unterschrieb.

Ich hörte mich an wie eine alte Uschi, die für eine der zahlreichen und überflüssigen 0900-Nummern Werbung machte. »Ruf mich an Bursche!! Mit meinen 65 Jahren bin ich noch immer heiß wie …«

Er gab mir die Karte zurück, und ich stand da und dachte an eine Sex-Hotline. Als ich nach der Karte griff, berührten meine Fingerspitzen seine Hand, und wir sahen uns erneut in die Augen. Ich war elektrisiert. Es kam mir vor, als ob sich ein Feuer zwischen uns entfachte und eine Flamme der ewigen Liebe geschürt wurde! Natürlich empfand nur ***ich*** das so. Er hatte sich schon wieder weg gedreht. Andere

Fans sammelten sich um ihn herum, und er posierte lächelnd für Fotos.

›Fotos!‹ Klar, ich wollte auch eines mit ihm.

Zögernd trat ich vor und piepste: »Joshua?«

Er drehte sich nochmals um und sagte: »Hier. Bei der Arbeit!«

Wieder sein Lächeln. Ich schmolz dahin. Christin nahm mir die Kamera aus der Hand, schubste mich in seine Arme und machte ein Bild. Blitz! Für einen Moment war ich geblendet. Ich drehte den Kopf und wollte mich bei ihm bedanken. Wollte cool wirken und ihm nicht zeigen, dass in mir alles auf den Kopf gestellt war. Ich wollte ein lässiges »Hey, danke!« raus hauen und noch Autogramme von den anderen einsammeln.

»Ich finde dich echt toll!«

Wumms!

›Hab ich das gerade laut gesagt?‹

Ich wollte auf der Stelle sterben. Das war wohl das Peinlichste, was mir je passiert war. Mein Kopf wurde rot, und eine unerträgliche Hitze stieg in mir auf. Ich blickte zu Boden und wartete auf ein schwarzes Loch, welches mich verschluckten sollte …! Aber nichts passierte.

›Wo bist du Scheiß-Hölle, wenn man dich mal braucht!?‹

Schon immer hatte ich mich über diese Teenies aufgeregt, die sich nicht kontrollieren konnten und bei jeder Gelegenheit »Ich liebe dich!« oder »Ich will ein Kind von dir!« rausplärrten. Als ich noch regelmäßig die ›Bravo‹ gelesen hatte, schaute ich mir immer die Rubrik ›Du und dein Star‹ an, wo Leute Bilder veröffentlichen konnten, auf denen sie mit ihren Idolen abgelichtet waren. Darunter stand dann ein kurzer Satz zur Erläuterung.

Wie zum Beispiel: »Michaela trifft Gary Barlow beim Shoppen in Manchester.«

Meinem persönlichen Schönheitsempfinden nach waren das nicht gerade Miss Germanys, die oft dieses Glück hatten.

Also stellte ich die Theorie auf, dass grundsätzlich nur hässliche Fans ihre Idole treffen. Diese hässlichen und dicken Mädels halten stolz wie Oskar ihre Zahnspange in die Kamera und machen peinliche Fotos. Auf den Bildern quetschen sie sich ganz eng an ihre Lieblinge ran. Sie möchten am liebsten Wange an Wange abgelichtet werden. Den Stars sieht man aber auf jedem Bild an, wie ängstlich und gequält sie in die Kamera schauen. Innerlich scheinen sie zu beten, dass es bald vorbei wäre und die dicken Eiterpickel der Mädchen nicht aufplatzten und ihnen das Gesicht wegätzten. Wie oft hatte ich Robbie Williams oder Nick Carter mit diesem Blick gesehen? Unzählige Male! Da ***ich*** nie zufällig beim Einkaufen auf Justin Timberlake gestoßen war, redete ich mir also zehn Jahre lang ein: ›Ich bin zu hübsch, um jemanden Berühmten zu treffen.‹

Irgendwie muss man ja als Teenager durchs Leben kommen!

Jetzt stand ich aber hier … und benahm mich wie sie. Joshua reagierte unbeeindruckt. Gelassen bedankte er sich. Als wäre nichts gewesen. Super! Da habe ich einmal Glück und blamiere mich völlig. Typisch Nadia!

In mir herrschte Chaos. Die eine Hälfte wollte sofort weg, … am Besten im Boden versinken! Die andere wollte noch bleiben. Wollte so lange wie möglich in seiner Nähe sein.

Christin und ihre Freundin verabschiedeten sich kurz darauf. Ich blieb alleine zurück. Tigerte in der Nähe der Band herum. Toootaaal unauffällig, sag ich euch. Langsam löste sich der ganze Haufen der Fans auf. Man hörte überall ein munteres »Ciao«.

Die Jungs machten sich auf den Weg zum roten Tourbus.

Ich ging wie ferngesteuert hinterher und hörte mich laut sagen: »Joshua?«

Fünf Köpfe drehten sich nach mir um. Zehn Augen sahen mich an. Ich kam mir klein vor. Winzig.

›Bin ich jetzt total durchgeknallt?‹

»Äh, ich würde dich gerne zum Essen einladen!«

Nein! Das war nicht ich. Das war ein peinlicher Dämon in mir. Er hatte von meinem Körper Besitz ergriffen und machte, was er wollte. Marco und Sven sahen sich an und grinsten. Ich spürte, wie mein Gesicht Feuer fing. Toll! Ich wurde zu allem Überfluss krebsrot. Joshua war überrascht. Er schien nachzudenken. »Hm, schick mir doch einfach mal 'ne E-Mail! Ich meld mich dann, … Nadia, mit I. Richtig?!« Charmant lächelte er.

›Er weiß meinen Namen?!‹ Ich wollte sofort in Ohnmacht fallen, doch ich beherrschte mich. Gerade so.

»Richtig. Mach ich!«, sagte ich und dachte: ›Als ob da was zurückkommt.‹

Joshua winkte mir zu und ging weiter zum Bus. Ich drehte mich um und schwebte zu meinem Auto.

Christin und ihre Freundin hatte ich bereits völlig aus meinem Gedächtnis gestrichen. Als ich hinter dem Steuer saß, starrte ich regungslos in die Dunkelheit. ›Wow! Ein toller Abend.‹

Gut, ich war auch kurzzeitig zu einem peinlichen Fan mutiert, aber vielleicht gehörte das im Leben einfach dazu? Ich holte meine Digitalkamera heraus und guckte mir die Fotos an. Natürlich hatte ich auf dem Bild mit Jo die Augen auf Halbmast. Aber er hielt mich fest im Arm. Plötzlich konnte ich seine Berührung um meine Schultern wieder spüren. Ein wohliger Schauder lief mir über den Rücken. Ich startete das Auto und machte mich auf den Heimweg. Am nächsten Morgen musste ich pünktlich wieder an meinem Schreibtisch sitzen.

Ein leiser Pfeifton im Ohr begleitete mich nach Hause.

Einige Tage nach dem Konzert

MITTAGSPAUSE, 12.15 Uhr. Unauffällig rief ich die Homepage der Jungs auf und klickte herum. Ich las im Forum und schaute ins Gästebuch. Spontan gab ich meine Impressionen des Konzertes wieder. Der kleine Button ›Kontakt‹ blinkte riesig vor mir. Ich klickte ihn an und glotzte auf Joshuas E-Mail-Adresse. ›Er wird mir doch eh nicht antworten …‹

Ich begab mich zurück ins Forum und suchte nach einem Thread zum Thema ›E-Mail an die Band‹. Ich fand etwas Passendes und las neugierig die Kommentare der Damen, die bereits Erfahrungen damit gesammelt hatten. Zwei Dinge waren mir schnell klar: Marco, Sven und Nicklas antworteten sehr selten auf Mails. Tom und Joshua antworteten sehr häufig, solange die Mails sachlich waren.

Das konnte natürlich vieles bedeuten. Ein Mädel gab altklug den Tipp, den Betreff so zu formulieren, dass er sich von den anderen Mails abhob. Denn es wäre ja wohl klar, dass Tausende als Betreff ›Hallo‹ angaben. ›Tzz, ein kreativer Betreff! Sonst noch was? Das ist meistens nur ein Wort bzw. ein ganz kurzer Satz. Was soll man da schon schreiben?‹

`Hallo Josh, Uschi hier …`

Gerade als ich richtig kreativ wurde, klingelte das Telefon. Meine Pause war zu Ende. Den Gedanken an Joshua schob ich in den Hintergrund.

Die Woche war stressig. Ich finde, es macht sich immer bemerkbar, wenn die Urlaubszeit vorübergeht. Menschen haben geheiratet und möchten ihren Namen ändern lassen. Andere kommen aus den Ferien zurück und haben dort irgendetwas kaputt gemacht. Weitere haben ihre Ausgaben gecheckt und möchten jetzt gerne wissen, wo sie Geld einsparen können. Ich war so unter meiner Arbeit begraben, dass ich nicht weiter darüber nachdachte, eine E-Mail an Josh zu schreiben.

Bis zum Donnerstag. So plötzlich die Arbeit aufgetaucht war, verschwand sie auch wieder. Es war ein ruhiger Tag im Büro. Zeit zum Nachdenken. Zeit, um wieder an das Konzert zu denken. Plötzlich registrierte ich, dass ich den E-Mail-Editor geöffnet hatte. Als Empfänger war Joshuas Adresse angegeben. Sollte ich es doch probieren? ›Scheiß drauf! Warum nicht?‹

Also schrieb ich … und löschte … und schrieb … und korrigierte. Ich ermahnte mich, nicht so kompliziert zu sein. Schließlich wurde die E-Mail kurz und knackig. Flüchtige Beschreibung, wer ich war, und die Frage, ob er gerne Italienisch isst. Klick. Weg war sie. Jetzt hieß es abwarten.

Ich hörte das Lied ›Romances‹ von dem ›DTA‹-Album und dachte: ›Wie passend!‹

Im Zwei-Minuten-Takt aktualisierte ich meinen Posteingang, aber es kam keine Antwort. Nur etappenweise lenkte mich die Arbeit ab. Der Tag zog sich wie Kaugummi. Frustriert ging ich gegen halb sechs nach Hause. Hatte ich etwas anderes erwartet? Das er noch am selben Tag zurück schreibt?

Quatsch! Na ja, gut. Gehofft hatte ich es schon. Irgendwie.

Nächster Tag. ›Thank god it's Friday!‹ Wie immer begleiteten die ›DTA‹-Jungs meinen Arbeitstag leise im Hintergrund. Glücklicherweise störte es meine Kolleginnen nicht. Wie am Vortag checkte ich in regelmäßigen Abständen meinen Posteingang. Gegen drei flippte ich dann aus. ›Da! Nee, oder?‹

Da … da war echt eine E-Mail von ihm. Ich las erfreut, nein, hoch erfreut, dass er gerne Italienisch isst und sich am nächsten Tag mit mir treffen wollte. Er würde extra nach Frankfurt kommen. Unglaublich! War das echt wahr? Ich konnte es nicht fassen. Um nicht laut zu schreien, biss ich mir in die Hand.

Susi schaute mich fragend an. »Was ist denn mit dir los? Hast du was gewonnen?«

Auch Claudia und Birgit guckten neugierig zu mir herüber.

»Könnte man sagen, ja!« Geheimnisvoll grinste ich von einer Kollegin zur anderen.

»Kindchen, du leuchtest wie ein Atomkraftwerk!«, meinte Claudia.

Doch ich zuckte die Schultern und versteckte mich hinter meinem Bildschirm. Obwohl ich vor Glück fast zerplatzte, wollte ich das niemandem erzählen. Hätten sie mir geglaubt? Vielleicht. Aber bestimmt wären diese hinterlistigen Weiber dann morgen in die Stadt gekommen und hätten versucht, mir Joshua wegzunehmen. Oder sie hätten mein Treffen mit ihm sabotiert. Nein, das Risiko war zu groß! Erst mal würde ich das für mich behalten. Ich bestätigte unsere Verabredung und saß strahlend vor meinem Rechner.

Das Leben kann so schön sein, … man muss es nur lassen!

Unser Date

SAMSTAG. Wir waren für 18.00 Uhr verabredet. Ich hatte eine schlaflose Nacht hinter mir. Immer und immer wieder stellte ich mir vor, wie unser Treffen ablaufen könnte. Den ganzen Tag zerbrach ich mir den Kopf über mein Outfit, … obwohl das nicht zu mir passte.

›Ey, beruhige dich! Du bist die Zehn-Minuten-Nadia.‹

Meine Freundinnen nannten mich oft so, da ich in der Regel innerhalb von zehn Minuten ausgehfertig war. Was sollte jetzt der Stress?

›Er wird wohl kaum gleich wieder gehen, weil ich eine falsche Hose anhabe.‹

Ich machte mich fertig. Weiße Hose, schwarzes Top, Turnschuhe und rote Jacke. Wenigstens etwas Farbe. Ich legte einen hellen Lidschatten auf und tuschte mir die Wimpern. Mehr Make-up besaß ich nicht. Fertig! Ich betrachtete mich im Spiegel. »Gar nicht mal so übel, Baby!«

Gemäß Murphys Gesetz stand mein Bus an jeder roten Ampel. Es gab einen Stau, bedingt durch eine Wanderbaustelle, und ich verpasste die U-Bahn. Empört wartete ich auf den nächsten Zug, der zudem Verspätung hatte.

›Wenn man einmal pünktlich sein will. Toll! Das nächste Mal nehme ich wieder mein Auto. Fahr ich halt im Notfall ins Parkhaus.‹

Ich wusste, ich würde zu spät kommen. Aber okay, egal, nicht aufregen. Passiert. An der Hauptwache angekommen, hetzte ich die Treppen hoch. Bereits nach der Hälfte protestierte meine unsportliche Lunge.

›Mach lieber langsam, sonst stehst du gleich keuchend vor ihm.‹

Wie verabredet stand er vor der Bank am Goetheplatz. Er sah umwerfend aus! Jeans, Turnschuhe, T-Shirt und braune Lederjacke.

›Hmm, lecker!‹

Als er mich sah, lächelte er. Ich wollte zurück lächeln und verzog mein Gesicht zu einer hysterischen Fratze. Oh Mann, ich war so nervös. Josh strahlte aber eine wahnsinnige Ruhe aus, die angenehm war und sich auf mich übertrug.

›Er ist auch nur ein Mensch.‹

Wir gingen in die ›Italian Bar‹, und ihm gefiel es dort gut. Das Essen schmeckte super. Ich bestellte eine Pizza. Salat und Pasta wollte ich vermeiden. Genau genommen wollte ich damit quer stehende grüne Blätter und wild herumspritzende Sauce vermeiden. Bei meinem Geschick hätte ich nach dem Essen die Hälfte der Sauce auf meinem Oberteil und die andere Hälfte in Joshuas Gesicht wiedergefunden.

Als würden wir uns ewig kennen, quatschten wir sofort wie alte Freunde. Wir konnten endlos über Filme reden, da wir einen sehr ähnlichen Geschmack hatten. Ich fand total interessant, was er aus seinem Leben erzählte und versuchte, an den richtigen Stellen einen Joke zu machen. Was mir gut gelang! Er war ein ziemlicher Scherzkeks, und wir hatten den gleichen Humor. Meine Aufregung schwand von Minute zu Minute. Die Chemie stimmte. Nach dem Espresso bemerkte ich, wie spät es geworden war. Ich musste unbedingt die letzte Bahn bekommen. Die Verbindungen zu mir in den Vorort waren echt blöde.

Josh ging zur Toilette. Gegen seinen Willen bezahlte ich währenddessen unser Essen, und er begleitete mich zum Bahnsteig.

›Ein echter Gentleman!‹

Schmacht.

Als wir unten am Gleis standen, fiel mir auf, dass ich mir keine Fahrkarte gekauft hatte. Nur noch zwei Minuten bis meine U-Bahn fuhr. Wir sprinteten die Treppen wieder hinauf, zurück auf die B-Ebene, und ich zog mir ein Ticket. Eine Typisch-Nadia-Aktion. Josh schmunzelte darüber. Erneut unten angekommen, wurde meine Bahn gerade angekündigt! Glück gehabt. Ich umarmte Jo zurückhaltend, bedankte mich für seine vorzügliche Gesellschaft. Er bedankte sich ebenfalls. Meine Bahn fuhr ein. Er ließ mich nicht los. Leicht spürte ich den Druck seiner Umarmung auf meinem Rücken.

›Mann, er riecht so gut!‹

Als fast alle anderen Fahrgäste eingestiegen waren, schob er mich sanft in die Bahn. Jo griff nach meiner Hand und wünschte mir eine gute Nacht. Ich trat ein Stück zurück, er zog seine Hand weg, und die Türen schlossen sich. Die Bahn fuhr an, und er winkte. Ich spürte ein Stück Papier in meiner Hand. Wie in Trance starrte ich es an. Schließlich faltete ich den kleinen Zettel auseinander und las: »0177-…«

›Oh, mein Gott!‹

Darunter stand: »Josh.«

Er hatte mir seine Handynummer zugesteckt. Meine Beine wurden weich. Mit einem breiten Grinsen plumpste ich auf einen freien Sitz und drückte auf Start meines Mp3-Players. Ich hörte das Schlagzeug und konnte nicht glauben, dass das alles tatsächlich passiert war. Mir war klar, dass ich mich verliebt hatte. Besonders in sein Lachen! Er hatte das natürlichste, ansteckendste und schönste Lachen, das ich je gehört hatte. Ich musste mich bremsen, ihm nicht sofort eine SMS zu schicken. Die Versuchung war groß, ich schaltete mein Handy lieber aus.

Die Fahrt dauerte 35 Minuten, und ich grinste ununterbrochen vor mich hin. Andere Fahrgäste musterten mich. Ich kam mir total albern vor, aber darüber musste ich noch mehr grinsen. Mir taten schon die Wangen weh, die ganze Muskulatur im Gesicht. Ich biss mir verzweifelt innen auf die Wange, auf die Zunge, auf die Lippe, … es half alles nichts. Das Grinsen brach durch. Und diese Tatsache fand ich wiederum so absurd, dass ich noch stärker lächeln musste. Ein Teufelskreis!

Ich ließ das Gespräch zwischen Josh und mir im Geiste Revue passieren. Konnte nicht aufhören, an ihn zu denken. Und als ich später im Bett lag, wusste ich, dass das der schönste Abend meines Lebens war.

Kurz vor dem Einschlafen bekam ich starke Kopfschmerzen, die mich wieder auf andere Gedanken brachten …

Wie sollte es weitergehen?

SONNTAG KONNTE ICH mich noch zurückhalten. Den Zettel mit seiner Handynummer hatte ich in meiner Sockenschublade ganz unten versteckt. Ich lenkte mich ab, indem ich meine gesamte Wohnung putzte. Sorgfältig arbeitete ich mich von Zimmer zu Zimmer vor und eliminierte erbarmungslos jedes Staubkorn. Ganz schwer, die Beherrschung nicht zu verlieren, wurde es am Abend. Ich saß alleine vor dem Fernseher und dachte an Josh. Seine Handynummer schien mich zu rufen. Deutlich hörte ich sie aus dem Schlafzimmer. Aber gaben einem die Freundinnen nicht immer den Tipp, sich interessant zu machen, in dem man die Kerle zappeln lässt? Hieß es nicht, man solle ruhig ein paar Tage vergehen lassen?

Ich nahm mein Handy vom Tisch und öffnete den SMS-Editor. Geschlagene fünf Minuten überlegte ich, was ich schreiben könnte.

Meine innere Stimme sagte: »Wenn dir spontan nichts einfällt, lass es lieber.«

Seufzend legte ich mein Mobiltelefon neben mich. Ich würde ihm erst dann schreiben, wenn ich etwas zu sagen hatte.

Das war Montagabend der Fall. Ich bedankte mich noch einmal für das Treffen und fragte nach seinem restlichen Wochenende. Geschlagene acht Minuten starrte ich auf mein Handy und hoffte auf eine Antwort. Die ersten vier Minuten blinzelte ich nicht einmal. Doch es kam ***nichts*** zurück!

›Okay, keine Panik. Er ist sehr beschäftigt. Verdammte Scheiße, er ist ***berühmt***! Zwar kein Weltstar, aber berühmt!‹ In meinem Kopf drehte alles durch. Was hatte ich mir nur gedacht? Mein Gott, ich bildete mir ein, dass er mich interessant fand. ›Schwachsinn, von dem werde ich nie wieder hören, … aber warum hat er mir seine Nummer gegeben?‹

Aua, wieder ein stechender Schmerz im Kopf. Ich massierte meine Schläfen und legte mich auf die Couch. Im Fernsehen liefen ›Die Simpsons‹. Ich kuschelte mich in meine Fleecedecke und döste ein.

Zwei Stunden später. Gleich würden die Spielfilme beginnen. Noch immer keine Antwort. Die Hoffnung verließ mich. ›Für eine kurze SMS ist doch wohl Zeit.‹

Ich holte mir eine Tafel Schokolade aus der Küche, pflanzte mich wieder vor den Fernseher und grübelte. Die Kopfschmerzen hatten nachgelassen.

Ich hatte mich bei dem Konzert zum Deppen gemacht. Jedoch hatte er sich trotzdem mit mir getroffen. Das musste doch bedeuten, dass er mich interessant fand, oder?! Und ***dann*** hatte er mir ***nach*** unserem Essen seine Handynummer gegeben. Also fand er mich doch auch nett, oder?! Damit hatte er signalisiert, dass er Kontakt wollte. Oder war es gar nicht seine Nummer? Hatte er mich verarscht und mir die Nummer von einem Kumpel gegeben? Oder eine nicht existente? Sollte ich einmal anrufen und prüfen, ob es klingelte? Nein, das traute ich mich nicht.

Ich nahm mein Handy erneut in die Hand und beschwor es gerade verzweifelt, als es plötzlich laut piepste und vibrierte. Ich erschrak mich so sehr, dass es mir aus der Hand fiel und auf die Fliesen knallte. Es zersprang in mindestens sechs Teile.

›Nein! Mein teures iPhone!‹ Ich sprang von der Couch und lief im Kreis um mein kaputtes Handy herum. Ich rastete total aus. Schimpfte, flehte, kniete nieder, suchte die herumliegenden Teile zusammen, setzte sie hoffnungsvoll aneinander, warf die Hände nach oben und verfluchte den lieben Gott.

Nach einigen Minuten fiel mir auf, dass Herr Gartenwein von seinem Balkon aus zu mir herüber schaute. Ich sah sicher wie eine Verrückte aus, die einen traditionellen Opfertanz vollführte. Ich ging zum Fenster und zog demonstrativ die Vorhänge zu. Zur Beruhigung biss ich mir in die Hand.

›Okay, okay, okay, was kann ich tun?‹ Ah, Geistesblitz! Die SIM-Karte rausnehmen, und ab damit ins alte Handy. ›Oh ja, wie gut, dass ich so schlau bin.‹

Ich ging zu meiner Wohnzimmerschrankwand und öffnete die linke Tür. Fast wäre mir der gesamte Inhalt entgegen gekommen und hätte mich erschlagen.

›Das wär's ja!‹ Ich würde hier sterben, ohne zu wissen, ob die Nachricht überhaupt von Joshua war. Ich schlug die Tür kräftig zu und überlegte einen Moment. Ich versuchte, im Kopf die Stelle des alten Handys auszumachen. Als ich in etwa wusste, wo es liegen musste, öffnete ich die Tür erneut. Aber nur so weit, dass ich meine Hand und meinen Arm hineinstecken konnte. Ich tastete mich langsam voran: Da war die kleine Kiste mit den Kettenanhängern, hier die Spieluhr, vorbei an dem Porzellanweihnachtsmann, unter das Poster von Leonardo DiCaprio, … ich wusste, ich war fast da. Irgendetwas versperrte mir jedoch den Weg. Ich fühlte an dem Gegenstand entlang und erkannte es als alte Spielzeugpistole von der ›Dippemess‹. Mein altes Handy musste doch eigentlich genau daneben ... ah, ja! Da war es ja.

Ich fischte es geschickt aus dem Schrank und atmete erleichtert aus. Zitternd setzte ich die SIM-Karte ein und drückte auf den Power-Knopf. Nichts passierte. Der Akku war leer.

›Och nöööö!‹ Das Handy lag seit Monaten unbenutzt im Schrank. Selbstverständlich passte das Ladegerät von meinem iPhone nicht. Ich begab mich auf die Suche nach dem passenden Charger. Geschlagene 20 Minuten später stöpselte ich das Handy endlich ein. Ich wartete noch eine halbe Minute, bis ich das Batteriezeichen auf dem Display sehen konnte. Dann drücke ich den Power-Knopf erneut. Sofort klopfte mein Herz schneller. Netzsuche. Netz gefunden. Und da war er: der kleine Briefumschlag. Ich bestätigte und las die Nachricht:

```
Sorry wg. später
Antwort. Würde gerne
mit dir schnacken ...
Hast du Festnetz? Jo.
```

Klar hab ich! Ich schickte ihm meine Nummer. Weniger als 30 Sekunden später klingelte mein anderes Telefon. Ich nahm den Hörer ab und hatte sofort schweißnasse Hände.

»Hallo?« Ich hielt den Atem an.

»Nadia?«

»Ja …?« Noch immer atmete ich nicht.

»Hey, ich bin's … Joshua!«

»Hi, wie geht's dir?« Mein Kopf wurde lila.

»Gut, danke. Tut mir leid, dass es länger gedauert hat. Wir mussten heute viele Interviews geben, und ich kam nicht dazu, dir zu schreiben. Jetzt dachte ich, miteinander reden ist besser. Ich freu mich sehr, dass du dich gemeldet hast.«

Endlich entkrampfte sich mein Organismus, und ich konnte wieder Luft holen. Dann klatschte ich mir mit der Hand an die Stirn: ›Logisch! Einfache Erklärung, er war doch zu beschäftigt gewesen.‹

Er erzählte mir von seinem Frust wegen einem saublöden Reporter, und wir tauschten weitere Dinge aus unseren Leben aus. Wir quatschten über zwei Stunden und verabredeten uns erneut. »Nadia, ich kann am Freitag nach Frankfurt kommen. Zwar muss ich am Samstag wieder abreisen, da die Tour noch läuft, aber wenn du mich sehen willst …«

Und ob ich wollte! Ich fand keine Worte zu beschreiben, wie überglücklich ich war. Das war alles total unwirklich.

›So etwas passiert doch nicht im echten Leben, oder?!‹ Ich kniff mir fest in den Arm. Am nächsten Morgen hatte ich dort einen dicken blauen Fleck.

Die Woche schleppte sich dahin. Aber mit dem Zeitempfinden war das ja ohnehin so eine komische Sache. Schon immer vergingen sechs Wochen Sommerferien schneller, als drei Wochen Schule.

Wir simsten uns mittlerweile täglich. Kleine Aufmerksamkeiten. Er wünschte mir einen sonnigen Morgen und ich ihm einen stressfreien Tag. Dann erkundigte er sich, was ich zu Mittag gegessen hatte, und ich fragte, ob er seinen Kaffee am Nachmittag bekommen hatte. Abends wünschte ich ihm viel Spaß bei den Konzerten, und meistens las ich im Halbschlaf mit einem Auge, wie er mir eine gute Nacht wünschte.

Donnerstagabend stieß ich im Fernsehen zufällig auf eine Reportage über Veranstaltungstechnik. Es ging um den Aufbau von Licht- und Tonanlagen im Rahmen von Konzerten und Festivals. Die Firma, über die berichtet wurde, war zufälligerweise für die Tour von ›DTA‹ zuständig. Ich aß Weintrauben und schaute mir den Beitrag interessiert an. Als ein kurzes Interview mit der Band eingespielt wurde, rutschte mir eine Traube in die Luftröhre. ›Da ist Josh! In meinem Fernseher.‹

Röchelnd rang ich auf der Couch um mein Leben. Ich konnte nicht fassen, dass ich mit dem Typen essen war. Dass er mir Kurznachrichten schrieb. Ich konnte nicht fassen, dass ich mich am nächsten Abend mit ihm treffen würde. Bei dem Gedanken daran wurde mir direkt schlecht, und ich musste würgen. Wenigstens gab die Traube dadurch den Weg in die Luftröhre frei.

Wieso wird einem eigentlich schlecht, wenn man überglücklich ist? Uah, ich konnte die Gefühlswelt einfach nicht verstehen. Wussten meine Emotionen denn nicht, dass ich schon erwachsen war? Waren meine Hormone in der Pubertät hängen geblieben? Gerade als ich den Fernseher ausschaltete, klingelte mein Telefon. Mein Display verriet mir, dass es Joshua war. Mir war sofort klar, was los war: Er würde das Date absagen.

»Hey Josh.« Ich versuchte, normal zu klingen.

»Nadia. Ich hoffe, ich störe dich nicht? Tut mir leid, dass ich dich noch so spät anrufe!«

Ich schaute auf die Uhr. Es war Viertel nach zehn. »Ich bin unter 30. Noch verkrafte ich das!«

Er lachte. Meine Beine wurden weich, und ich setzte mich auf die Sofakante.

»Was kann ich für dich tun, Josh?« Ich betete einen Satz rauf und runter: ›Bitte sag nicht ab! Bitte sag nicht ab! Bitte sag nicht ab!‹

»Es geht um morgen …«

›Oh nein, ich hatte es geahnt!‹

»Ich habe nicht so viel Lust …«

›Oh Gott, es wird immer schlimmer! Jetzt hat er schon keine Lust mehr!‹

»… unter Menschen zu sein! Die Tour ist wirklich anstrengend, und ich bin den ganzen Tag mit den Jungs zusammen oder bei Interviews. Ich wollte wissen, ob du einen DVD-Player organisieren kannst. Ich würde gerne einen gemütlichen Abend machen. Ich habe mir ein Zimmer in einem Hotel gebucht. Natürlich nur, wenn dir das recht ist?!«

Ich hing auf meiner Couch und wollte mich übergeben. Mein Mund war ausgetrocknet, und ich bemerkte, dass ich schon wieder aufgehört hatte zu atmen. Wenn das so weiterging, würden bei jedem Telefonat mit Josh zig Gehirnzellen absterben.

»Nadia?« Er klang leicht besorgt.

Ich nahm mich zusammen und versorgte meine Lunge wieder mit Sauerstoff.

»Klar, ich …« Mein Hals war so trocken, dass ich einfach nicht sprechen konnte. Ich schnappte mir mein Glas Wasser vom Tisch und trank einen Schluck. Josh wartete geduldig. »So, ... sorry. Ich musste kurz etwas trinken!«

»Hab ich dich überrumpelt? Also, falls du nicht möchtest, können wir natürlich auch etwas unternehmen und ausgehen.«

»Ach nein, schon okay, … klar kann ich einen DVD-Spieler mitbringen.«

Josh schien noch nicht überzeugt. »Also, falls es dir unangenehm ist, mit mir alleine zu sein …«

›Unangenehm? Ich, alleine mit meinem Traumtypen. ***Hallooo***??‹

»Nein, gar nicht! Ich freue mich sehr!« Ich grinste dumm und war froh, dass er mich nicht sehen konnte.

»Wunderbar! Dann sehen wir uns morgen. Ich freu mich auch. Schlaf schön.«

»Danke, du auch.«

Wir legten auf. Einen Moment stand ich mit dem Telefon in der Hand da und war unfähig, mich zu bewegen. Dann hyperventilierte ich. Nach Luft japsend lief ich im Wohnzimmer auf und ab. Da ich in Filmen gesehen hatte, dass es hilft, in eine braune Papiertüte zu atmen, suchte ich in der Küche nach einer. Natürlich besaß ich nur weiße Plastiktüten, aber damit funktionierte es auch. Wie einen Trichter stülpte ich sie mir vor den Mund und atmete dort hinein. Nach wenigen Minuten ging es besser. Jetzt war mir allerdings schwindelig. Ich setzte mich mit einem frischen Glas Wasser auf einen Küchenstuhl und versuchte, mich zu beruhigen.

›Joshua und ich. Im Hotel. ***Alleine***!‹ Nein, dieser Gedanke half mir nicht bei der Beruhigung. Ich ging ins Schlafzimmer und stellte mich vor den großen Spiegel. ›Was ziehe ich bloß an?‹

Ich wollte etwas Bequemes, und doch sollte es auch sexy sein. Ich probierte alle meine Jeans an und entschied mich für die dunkelblaue Stretchjeans. Zum einen hatte ich in der Hose einen echt attraktiven Hintern, und zum anderen war sie elastisch genug, um den ganzen Abend damit auf der Couch zu lümmeln. ›… oder sich in seinem Bett zu wälzen. Muahaha!‹

Pfui, Nadia!

Grinsend suchte ich in meiner Kommode nach einem passenden Oberteil. Mein türkiser Strickpullover stach mir ins Auge. ›Ja, in dem sehe ich frisch aus.‹

Das Türkis brachte mein Gesicht zum Leuchten und ließ meine Augenringe verschwinden. ›Perfekt!‹

Nach Mitternacht war ich endlich im Bett. Obwohl ich dachte, ich könnte nicht einschlafen, war ich schnell im Land der Träume zu Besuch. Als mich die morgendliche fiese Attacke meines Weckers in die wirkliche Welt zurückholte, stand ich dennoch gut gelaunt auf. Das passierte mir wirklich selten.

Pfeifend erschien ich eine Viertelstunde früher als sonst im Büro. Als Claudia mit geschwollenen Augen ins Zimmer geschlurft kam, erntete mein melodisches »Einen wunderschönen guten Morgen!« nur einen Todesblick. Wahrscheinlich hatte sie Stress mit ihrem Max. ›Tja, selbst dran Schuld, wenn du so einen Vollpfosten datest.‹

Susanne und Birgit kamen gleichzeitig an.

»Wer bist du? Und was hast du mit unserer Nadia gemacht?«, fragte Susanne misstrauisch.

Doch ich lachte nur. »Wieso? Darf ich nicht auch mal gute Laune haben?«

Susanne überlegte einen Moment. »Doch, aber das ist unheimlich!«

Schmollend guckte ich sie an, und sie tauchte hinter ihrem Monitor ab. Birgit stand noch einen Moment in der Raummitte und musterte mich mit einem verkniffenen, schiefen Mund.

Schließlich platzte sie heraus: »Ich weiß, was mit unserer Nadia ist!« Alle Augen richteten sich auf sie. »Unsere Nadia hatte gestern guten Sex!«

Alle Augen richteten sich auf mich. Ich öffnete den Mund, sog Luft ein, hob meinen Zeigefinger und wollte etwas erwidern. Doch mir fiel nichts ein.

»Raus mit der Sprache: Wer war es?« Susanne tauchte wieder hinter dem Bildschirm auf. »Erzähl uns alles! Mit allen schmutzigen Details!«

»Mädels, ihr liegt da ganz falsch«, brachte ich endlich hervor. »Ich hatte keinen Sex.«

Claudia wandte sich direkt enttäuscht ab.

»Ich freue mich einfach aufs Wochenende«, fuhr ich gelassen fort.

»Weil du da Sex haben wirst?«, bohrte Birgit weiter.

Ups, jetzt wurde ich rot.

»Äh, … nein«, stotterte ich und merkte, wie unglaubwürdig es klang.

Claudia und Susi guckten mich wieder gespannt an. Birgit stand weiterhin wie die Allwissende in der Mitte und meinte: »Komm schon, Süße. Wer ist es?«

»Ihr … ich … er wird sicher nicht …«

»Aha! Also doch ein Date!« Jetzt nickte Birgit zufrieden. »Hab ich es doch gesagt! Uns kannst du sagen, wer es ist. Kennen wir ihn?« Mit hochgezogenen Augenbrauen blickte sie mich herausfordernd an.

»Ich glaube nicht«, sagte ich wahrheitsgemäß.

»Wie heißt er denn?«, schaltete sich jetzt auch Claudia wieder ein.

Ich zögerte einen Moment. »Joshua.«

»Das ist aber ein hübscher Name!«, rief Susanne aus. »Ist er hier aus dem Haus?«

»Nein. Und jetzt ist Schluss mit der lustigen Fragestunde. Wir sind hier nicht bei der ›Sendung mit der Maus‹. Ich habe noch viel zu erledigen.«

Laut und deutlich hörte ich die tausend Fragen, die in den Köpfen meiner Kolleginnen umherschwirrten. Doch ich blickte eisern auf meinen Bildschirm und signalisierte, dass ich zu keinem weiteren Statement bereit war.

›Will ich mit ihm schlafen?‹ Diese Frage beschäftigte mich allerdings den ganzen Tag. Ich wusste, es war total unromantisch, darüber nachzudenken. In Filmen passierte es oder nicht. Keiner plante es. Aber das hier war mein Leben! Es gab kein Drehbuch und keinen Regisseur. Ich war mein eigener Regisseur. Ich schrieb mein Drehbuch selbst. ›Werde ich so weit gehen? Falls Jo es darauf anlegt, werde ich es dann tun?‹

Oh Mann, ich kam mir wie eine spießige Jungfrau vor. Natürlich war ich keine Jungfrau mehr, aber für mich war die schönste Nebensache der Welt eben doch etwas Besonderes. Ich fand, man sollte nicht leichtfertig bei jeder Gelegenheit mit einem Typen ins Bett steigen. Für mich gehörten Gefühle dazu. In der Hinsicht war ich altmodisch, aber …

»So, Schluss jetzt«, ermahnte mich meine innere Stimme. »Du wirst sehen, was passiert. Hör auf dein Herz, wenn es soweit ist!«

Ich dankte sehr bald Gott für die Gleitzeit und machte mich direkt um halb vier auf den Heimweg. Im Auto überlegte ich, dass Gott wahrscheinlich nicht für die Einführung der Gleitzeit verantwortlich war.

›Na ja, wer auch immer so eine geniale Idee hatte: Gepriesen seiest du!‹

Zu Hause angekommen ließ ich das Album der Band im CD-Spieler glühen. Ich versuchte, mich bei den Liedern besonders auf das Schlagzeug zu konzentrieren. Das war gar nicht so einfach. Immerhin hatte Sven eine tolle Stimme, und man war geneigt, dieser bevorzugt sein Gehör zu schenken.

Testet es doch einfach mal selbst: Spielt die CD eurer Lieblingsrockband und versucht euch, nur auf das Schlagzeug zu konzentrieren. Ihr werdet sehen, wie schwer das ist.

Nachdem ich etwas Obst gegessen hatte, ging ich unter die Dusche. Ich nahm mir viel Zeit. Ich genoss das warme Wasser auf meiner Haut und verwöhnte meine Haare mit einer eigens zu diesem Anlass gekauften Kur. Während diese einwirkte, rasierte ich mir die Beine und noch ein paar andere Stellen. Schon beim Föhnen bemerkte ich, dass meine Haare glänzten und sich seidig anfühlten. ›Hey, die Kur werde ich ab jetzt öfter benutzen.‹

Ich band mir einen lockeren Pferdeschwanz, da mir eine aufwendigere Frisur irgendwie falsch vorkam. Leger, aber sexy! Das war mein Motto für heute.

Im Anschluss trennte ich meinen DVD-Player von den restlichen Geräten in meinem Wohnzimmer und machte mich auf den Weg ins Hotel. Dies lag nur einige Orte weiter, und ich hatte keine Probleme, es zu finden. Super aufgeregt klopfte ich Punkt 19 Uhr an die Tür Nummer 319. Meine Hände zitterten, und wieder war mir übel. Wahrscheinlich würde ich mich gleich direkt auf seine Schuhe übergeben, wenn er mir die Tür aufmachte.

In diesem Moment öffnete Jo, und wir standen uns gegenüber. Ich war unsicher. Sprachlos. Ängstlich. Aufgeregt. Glücklich. Er nahm mich zur Begrüßung in den Arm und drückte mich. Umgehend ging es mir besser. Seine Berührung fühlte sich himmlisch an! Ich schloss für einige Sekunden die Augen und atmete seinen Geruch ein. Da ich in den Armen den DVD-Spieler trug, konnte ich seine Umarmung nicht erwidern.

»Oh, entschuldige, ich nehm dir das ab. Komm doch herein!«

Dankend übergab ich ihm den Player und betrat das Zimmer. Es war ein normales Doppelzimmer. Keine Suite oder etwas Extravagantes. ›Na gut, soo berühmt ist er nun auch wieder nicht!‹

Geschickt schloss er mit wenigen Handgriffen das DVD-Gerät an. »Nimm Platz! Möchtest du etwas essen oder trinken?« Er war der perfekte Gastgeber.

»Och, ja.« Mehr bekam ich nicht heraus. Josh blickte mich lächelnd an und ging zum Telefon, welches auf einem Nachttisch stand. Er bestellte uns etwas zu trinken und ein paar Snacks. Keine zehn Minuten später klopfte der Zimmerservice. ›An so ein Leben könnte ich mich gewöhnen.‹

»So, ich dachte, wir schauen uns als erstes gleich was Hartes an«, schlug er vor.

»Etwas Hartes?«, fragte ich leicht begriffsstutzig. Ich musste sofort an einen Porno denken.

Jo kramte in seiner Tasche und zog ›Saw‹ heraus.

»Klar, du hast gesagt, du bist auch so ein Horrorfreak wie ich.« Er drehte sich um und legte die DVD ein.

Ich atmete erleichtert aus. Klar war ich das. Ich liebte Horrorfilme.

Auf dem großen Bett machten wir es uns gemütlich. Auf den Nachttischen standen unsere Getränke. Zwischen uns war nach meinem Empfinden ein Hektar Platz. Dort standen die Snacks. Wir schauten uns den Film an und plauderten nebenbei – lernten uns besser kennen. Jedes Mal blickten wir uns eine Sekunde länger in die Augen. Als der Film zu Ende war, stand er auf und setzte sich im Schneidersitz auf den Boden. Er holte den Film aus dem Player und wühlte in seiner Tasche.

»So, Madam, nach was steht Ihnen nun der Sinn?«, untergeben blickte er zu mir auf.

»Hm, was haben Sie denn alles dabei?«, fragte ich zurück.

»Mal sehen, … ich habe ›Singles - Gemeinsam Einsam‹, ›Amélie‹, ›Chocolat‹, ›Fear and Loathing in Las Vegas‹ und ›Das Leben der Anderen‹.« Stolz grinste er.

Gott, der Typ sah einfach heiß aus.

»Dann entscheide ich mich für Johnny Depp und ›Fear and Loathing in Las Vegas‹!« Ich grinste frech zurück.

»Gute Wahl. Ich liebe Frauen, die wissen was sie wollen und klare Entscheidungen treffen!« Er legte die DVD ein, und ich wurde mal wieder rot.

›War das gerade ein Kompliment oder eine Liebeserklärung?‹

Während wir den zweiten Film schauten, lachten und redeten wir noch mehr. Der Film war aber auch ein Knaller. Also, wer da nicht vor Lachen auf dem Boden liegt, ist selbst dran schuld. Nach der Hälfte räumte Josh die Snacks vom Bett.

»Ich glaube, die essen wir nicht mehr, oder?!«, herausfordernd guckte er mich an.

Ich schüttelte stumm den Kopf. Jetzt, wo die Snacks nicht mehr wie eine Anstandsdame zwischen uns platziert waren, stieg mein Puls. Jo räumte die Teller auf das Tablett und stellte es auf die Kommode.

Als er wieder zum Bett kam, ließ er sich hineinfallen, machte einem Purzelbaum in meine Richtung und rief laut: »Kitzelattacke!«

Kaum hatte ich verstanden, was er gesagt hatte, kniete er auf mir und kitzelte mich durch. Lachend und kreischend versuchte ich, mich zu wehren. Ich schaffte es, mich frei zu strampeln und ging zum Angriff über. Wir tobten einige Minuten im Bett herum und lachten wie kleine Kinder. Doch als er meine Arme mit einer Hand festhielt und mich wieder kitzelte, hatte ich keine Chance.

Ich ließ mich auf den Rücken fallen und keuchte: »Gnade! Bitte habt Erbarmen!«

Joshua hörte auf, mich zu kitzeln, ließ meine Hände aber nicht los. Eine Haarsträhne war mir ins Gesicht gefallen, und ich versuchte, sie wegzupusten. Was mir nicht gelang. Ruckartig warf ich den Kopf nach hinten, doch diese blöde Strähne hing noch immer über meinem Auge. Josh nahm seine freie Hand und strich sie mir zärtlich aus dem Gesicht.

Jetzt lagen wir da. Atmeten beide schwer, weil wir uns ziemlich verausgabt hatten, und blickten uns tief in die Augen. Mein Herz klopfte wild in der Brust. Langsam kam er mir näher. Ich schloss meine Augen. Als er nur noch wenige Zentimeter von mir entfernt war, klingelte sein Handy. Er zuckte zurück. Ich schaute ihn an.

»Soll ich es klingeln lassen?« Unsicher überließ er die Entscheidung mir. Aber der perfekte Moment war ohnehin zerstört.

»Nein, geh ruhig ran. Es könnte wichtig sein.«

Mit einem Satz sprang Jo vom Bett und holte den klingelnden Störenfried aus der Jackentasche. Taktvoll stand ich auf und verschwand im Bad. Ich sortierte meine Haare neu und spritzte mir kaltes Wasser ins Gesicht. Das Leuchten ließ sich allerdings nicht von den Wangen waschen. Aufgedreht groovte ich im Bad umher. Zwischendurch lauschte ich an der Tür und hörte, dass er noch am Telefon war. Verstehen konnte ich aber nichts. Ich hockte mich auf den Badewannenrand und entschied hier zu warten, bis er fertig telefoniert hatte. Neugierig guckte ich mich um. Es gab kaum persönliche Gegenstände von Josh. Nur seine Zahnbürste, sein Deo und Zahnseide. ›Oh, wie vorbildlich.‹

Eine weitere Minute später kam mir ein unangenehmer Gedanke. ›Wenn ich so lange hier drin bin, denkt er noch ich mach Groß!‹

Hastig verließ ich das Bad und ließ demonstrativ die Tür offen. Das würde man ja wohl nicht machen, wenn man dort gerade Stoffwechselreste hinterlassen hatte, oder?!

Josh war dabei, sich zu verabschieden und guckte entschuldigend zu mir herüber. Ich winkte ab und bedeutete ihm, dass es kein Problem war. Verlegen schaute ich auf meine Uhr. »Ach du Scheiße!«

Ich hatte nicht bemerkt, wie spät es war.

»Was ist los?« Josh kam zu mir und guckte mich besorgt an. »Du bist ganz blass geworden.«

»Ach, die Frau an der Rezeption hat mir gesagt, die würden die Hoteltiefgarage heute um 23 Uhr schließen. Sie meinte, wenn ich mein Auto noch brauche, müsste ich es vorher rausholen. Jetzt hab ich das total verschwitzt. Ich komme erst morgen ab sechs Uhr wieder da unten rein.«

Josh kratzte sich am Kopf. »Was ist das denn für ein Mist? Die Tiefgarage sollte die ganze Nacht offen haben.«

»Hm, ja das ist wohl auch 'ne Ausnahme. Irgendwas hat sie mir dazu erklärt. Aber ich hab nicht so genau zugehört. Keine Sorge, ich kann mir ein Taxi nach Hause nehmen. Es ist nicht so weit!«, schlug ich vor. »Morgen könnte ich dann …«

»Auf keinen Fall! Und sei nicht albern«, unterbrach er mich. »Du bleibst hier!«

Jo grinste lausbubenhaft, und mein Körper begann zu kribbeln.

»Ich habe aber leider keinen Pyjama mitgebracht, und nackt kann ich ja wohl schlecht schlafen?«

Als Antwort bekam ich ein breites Grinsen. Ich wurde rot. Aber das war ja nichts Neues mehr.

Josh gab mir schließlich ein T-Shirt und eine Boxershorts. Im Bad zog ich mich um. ›Gott sei Dank, ich hab meine Beine rasiert.‹

Mir fiel ein, dass ich keine Schmerztabletten dabei hatte. Das bedeutete Kopfschmerzen – spätestens am nächsten Morgen. Doch das war mir jetzt egal. Ich prüfte mich ein letztes Mal im Spiegel und atmete tief durch. ›Was wird heute Nacht passieren? Bin ich absichtlich noch hier?‹

Als ich aus dem Bad kam, lag Josh schon im Bett.

»Ich liege gerne links. Ist das okay?« Er zog die Augenbrauen hoch und schaute mich an.

»Klaro!«, sagte ich gelassen und versuchte zu verbergen, dass ich ihn am liebsten sofort besprungen hätte. Langsam ging ich zum Bett und schlüpfte elegant unter die Decke.

»Ich hab noch einen Film eingelegt. Magst du noch einen schauen?« Die Fernbedienung hielt er in der Hand.

Ich guckte auf den Bildschirm und sah das Menü von der Komödie ›Singles – Gemeinsam einsam‹.

»Gerne.« Ich verschränkte die Arme hinter dem Kopf und ließ mich in das riesige, bequeme Kissen zurücksinken. Jo drückte den Start-Knopf und machte es sich seinerseits gemütlich. Zwischen uns war Platz für ein Universum. Mindestens. Die Stimmung war erwartungsvoll. Der Film war lustig, und wir lachten oft, doch irgendwie wusste keiner, was er machen durfte, sollte oder konnte.

Josh streckte sich mehrmals, und ich bemerkte, dass er jeweils einige Zentimeter näher kam. Er tarnte es, indem er ständig seine Position änderte. Mal lag er seitlich und dann wieder auf dem Rücken. Wie eine Raupe arbeitete er sich damit in meine Richtung. Süß, oder? Um ihm zu signalisieren, was ich fühlte, nahm ich meinen ganzen Mut zusammen, rückte näher zu ihm und lehnte meinen Kopf an seine Schulter. Jo legte den Arm um mich. Die Wärme, die von seinem Körper ausging, fühlte sich toll an. Ich schmiegte mich noch etwas näher an ihn. Unsere Hände berührten sich und automatisch fingen unsere Finger an, sich gegenseitig zu ertasten und miteinander zu spielen. Keiner sagte etwas, als ob wir weiter hochkonzentriert den Film anschauten. Mein Herz klopfte wild. Ich spürte es in der Brust, am Hals und konnte mein Blut in den Ohren rauschen hören. Plötzlich musste er husten und richtete sich auf.

»Alles klar?« Ich klopfte ihm leicht auf den Rücken.

»Ja-ha«, hustete er, »ich hab mich an meiner Schlucke verspuckt.«

Einen Moment starrten wir uns nur an, dann brachen wir in Gelächter aus. Schön zu wissen, dass so etwas Blödes nicht nur mir passierte. Als wir uns wieder beruhigt hatten, schaute er mich an.

»Danke.« Mehr sagte er nicht.

Wir blickten uns tief in die Augen. Allein davon bekam ich eine Gänsehaut, und ich hatte das Gefühl, die Luft sei elektrisch geladen. Es knisterte und blitzte überall. Wir kamen uns näher. Kurz bevor unsere Lippen sich berührten, schloss ich die Augen.

In Zeitlupe trafen wir aufeinander. Seine Lippen waren unendlich weich. Wir küssten uns zuerst zurückhaltend. Zaghaft. Er zog mich näher an sich heran. Der Druck auf meinen Mund erhöhte sich. Ich legte ihm meine Arme um den Hals, und er hielt mich fest. Wir wurden leidenschaftlicher. Wilder. Vorsichtig öffneten wir beide unsere Lippen. Seine Zunge spielte mit meinem Zungenpiercing. Unsere Atmung beschleunigte sich. Seine Hände wühlten sich in meine langen Haare. Als er über die Beule fuhr, zuckte ich zurück. »Autsch!«

»Was hast du denn da?«, besorgt schaute er mich an.

»Gar nichts!« Ich versuchte, so gut wie möglich zu lügen.

»Sicher? Hat es dir nicht gerade wehgetan? Lass mich mal sehen, … da war doch 'ne Beule.« Er wollte meinen Kopf drehen und die Haare zur Seite schieben, doch ich zog sein Gesicht zu mir und küsste seinen Mundwinkel. Er schloss die Augen.

Zärtlich flüsterte ich leise: »Da ist nichts, vergiss es!«

Ich küsste seinen Hals und wanderte mit der Zungenspitze zu seinem Kehlkopf. Küsste ihn dort. Sein Kinn, seine Nasenspitze. Ich zog ihm das T-Shirt über den Kopf. Meine Hände erforschten seinen Oberkörper. Er war gut trainiert. Mit den Fingerspitzen zeichnete ich seine Wirbelsäule nach, er bekam eine leichte Gänsehaut. Ich konnte spüren, wie auch sein Herz kräftig schlug. Josh umfasste meine Hüfte, legte sich auf den Rücken und zog mich auf sich. Ich bedeckte jeden Zentimeter seines Oberkörpers mit Küssen. Meine langen Haare kitzelten ihn. Er musste lachen. Wir schauten uns wieder an. Jo zog mir mein T-Shirt über den Kopf, und ich ließ es geschehen.

Am nächsten Morgen erwachte ich und blinzelte verschlafen in das halb dunkle Zimmer. Zuerst wusste ich nicht, wo ich war. Der Abend und die letzte Nacht drängten sich mit aller Macht in mein Gedächtnis. Ängstlich rechnete ich fest damit, dass Jo nicht mehr neben mir liegen würde. Bestimmt war es ihm nur um eine schnelle Nummer gegangen, und er hatte sich leise aus dem Staub gemacht. Von diesem Gedanken besessen, traute ich mich nicht, mich zu bewegen. Ich kniff die Augen fest zu. Meine Augäpfel schmerzten bereits. Einige Minuten vergingen. Mit einer Hand tastete ich schließlich langsam in seine Richtung. Vorsichtig öffnete ich doch ein Auge und schielte zu ihm hinüber.

Er lag da. Wie dumm von mir, so schlecht über ihn zu denken. Sein Atem war ruhig und gleichmäßig. Er sah wundervoll aus. Zufrieden. Der Wecker auf seinem Nachttisch zeigte 08.03 Uhr. Ich wusste, er wollte erst um halb neun aufstehen. Um ihn nicht zu wecken, versuchte ich, leise aufzustehen. Vorsichtig wollte ich ins Bad schleichen. Aber, wie das bei mir so ist: Beim ersten Schritt machte sich mein Fußgelenk bemerkbar. »Knack!!«

Erstarrt blieb ich stehen und horchte auf seine Atmung. Ruhig und gleichmäßig. Gut, er schlief noch, also weiter. Zwei Schritte später stolperte ich über seinen Turnschuh. ›Verdammt!‹

Jetzt aber schnell ins Bad. Ich drückte die Klinke. ›Oh, klar, … ***jetzt*** knarrt die Tür.‹

Ich versuchte, mich durch einen schmalen Spalt zu quetschen und stieß mir dabei den Ellenbogen am Türrahmen. ›Toll! Wenigstens habe ich auch ein paar Talente!‹

Ich horchte noch einmal angestrengt ins Zimmer. Nichts. Er schlief. Ich ging auf Toilette und machte mich frisch. Als ich mich im Spiegel ansah, stellte ich fest, dass ich ebenfalls total zufrieden aussah. Sogar richtig glücklich.

Ich lächelte noch, als plötzlich etwas laut explodierte. In meinem Kopf. Ich ging in die Knie und drückte die Hände gegen die Schläfen. Mir wurde kurz schwarz vor Augen. Ich hatte das Gefühl, mein Kopf platzte jeden Moment. Messerstiche. Ich unterdrückte den Schrei, der aus meiner Kehle herauswollte. Versuchte, mich zu konzentrieren und bis drei zu zählen. Diese Attacken waren nicht neu. Ich kannte sie. Sie kamen aus dem Nichts und verschwanden in der Regel genauso schnell. ›Eins, … zwei, … drei, … ah, besser!‹

Ich setzte mich auf den Rand der Badewanne und atmete durch. Ich zitterte, und mir war übel. Vorsichtig rieb ich die Stelle an meinem Hinterkopf. Der kleine Tumor war deutlich zu spüren. Kein Wunder, dass Jo ihn bemerkt hatte. In langsamen Intervallen gingen die Kopfschmerzen los. ›Mist, ich brauche meine Tabletten.‹

Ich trank ein paar Schlucke kaltes Wasser aus der Leitung und hockte mich auf den Klodeckel. Ich saß da und wusste nicht, was ich machen sollte. Ich dachte an Joshua und fing lautlos an zu weinen. Tränen liefen mir über die Wange und tropften am Ende des Kinns auf mein Knie. Patsch!

Mir wurde klar, dass es egal war, was Josh für mich empfand. Wenn es für mich keine Zukunft gab, gab es für ***uns*** sowieso keine …

Die Sache mit der Neugier

JOSHUA STRETA saß in der Küche seiner WG vor dem Laptop und starrte auf den Bildschirm. Langsam kehrte er in die Realität zurück. Leicht benommen schüttelte er den Kopf. Er war total in diese Geschichte abgetaucht. Als er auf die Uhr schaute, stellte er fest, dass 45 Minuten vergangen waren. Jo griff nach seinem Kaffeebecher und trank einen Schluck. Angewidert verzog er das Gesicht. Die Brühe war eiskalt.

Eigentlich hatte er nur vorgehabt, einige Fan-Mails zu beantworten. Doch er hatte den Anhang einer Mail geöffnet und begonnen, die Geschichte zu lesen. Sofort war er in ihren Bann gezogen worden. Josh stand auf, schüttete den Kaffee in die Spüle und setzte neuen auf. Seine Gedanken kreisten um diese Story. Krampfhaft wollte er sie aus seinem Kopf verdrängen, doch es gelang ihm nicht. Er ging zu seinem Laptop und schaute sich die E-Mail-Adresse noch einmal an: ›Sophie88@webnmail.com‹ Aber dieses Mädchen in der Geschichte hieß Nadia. Dass er gerade eine fiktive Story gelesen hatte, in der er selbst mitspielte, verwirrte ihn sehr. Es löste ein komisches Gefühl in ihm aus. Wer auch immer diese Sophie war, sie hatte über ihn geschrieben, ohne ihn zu kennen. Hatte ihn bis in kleinste Detail beschrieben und zum Leben erweckt. Jo wusste nicht, ob er das schön oder total krank finden sollte.

Endlich war der frische Kaffee durchgelaufen. Er goss seine Tasse halb voll und setzte sich wieder an den Tisch. Die Anrede der E-Mail war kurz.

```
Hi …
Ich möchte eine Geschichte erzählen, die mir so laut im Kopf umherschwirrt, dass ich davon Kopfschmerzen bekomme. Ich will die schmerzende Realität für eine Zeit verlassen und mich der Fantasie hingeben. Ich würde mich freuen, wenn du mich begleitest …
```

Normalerweise würde er so einer Bitte nicht nachkommen. Wieso hatte er den Anhang geöffnet? Und wieso hatte er nicht nach den ersten drei Sätzen wieder aufgehört?

Weil es irgendwie … fesselnd war.

Joshua überlegte, ob diese Sophie mit Nadia eine fiktive Person oder sich selbst meinte. Doch er kam zu keinem Entschluss. Er loggte sich aus seinem Account aus und widmete sich den Unterlagen, die er noch bearbeiten wollte.

Eine halbe Stunde später bemerkte er, dass er zwar auf die Blätter starrte, sich aber nicht auf die Texte konzentrieren konnte.

›Warum denkt sich jemand so eine Story aus? Ob Nadia existiert? Eine Geschichte die mir Kopfschmerzen verursacht. Ob es wirklich einen Tumor gibt?‹

Josh kam nicht von dem Thema los. Er loggte sich wieder in seinen E-Mail-Account ein und suchte sich die Nachricht noch einmal heraus. Er schloss seinen Laptop an den Printer und druckte den Anhang aus.

Während dieser mechanisch vor sich hin ratterte, schmierte Jo sich ein Butterbrot.

Mit seiner Stulle und der Geschichte in Händen setzte er sich wieder an den Tisch. Schnell war er erneut gefangen. Konnte sich kaum losreißen. Wieso hatte diese blöde Mail so eine Wirkung auf ihn? Ehe er sich versah, war er auf Seite sechs. Dabei konnte man ihn nicht als eine Leseratte bezeichnen. Doch diese Geschichte hatte etwas Lebendiges. In Josh kam das Gefühl auf, alles hautnah mitzuerleben. ›Na ja, ich bin ja eigentlich auch dabei …‹

Er entwickelte Sympathie für das Mädchen. Fand sie witzig. Mochte ihre tollpatschige Art. ›Krieg dich wieder ein, die Tussi ist nicht echt!‹

Als er Geräusche im Flur hörte, schob er die Blätter schnell unter die anderen Unterlagen. Sein Bandkollege Nicklas war aufgestanden und kam verschlafen in die Küche geschlurft.

»Gibt's noch Kaffee?« Müde gähnte er herzhaft.

Jo biss von seinem Brot ab und zeigte kauend auf die Maschine.

»Was machste denn schon so früh?« Nicklas setzte sich mit seinem Becher an den Tisch.

»Früh? Es ist nach zwölf.«

Nick machte große Augen. »So spät schon? Wieso haste mich denn nicht geweckt? Wo sind die anderen?«

»Die pennen auch noch. Ihr habt den gestrigen Abend einfach nicht gut verkraftet.« Leicht boxte Jo seinem Freund gegen die Schulter. »Ihr könnt froh sein, dass ihr mich habt. Ich bin so fleißig und arbeite für uns alle. Ich prüfe nämlich dieses Angebot. Wir haben da eine Antwort auf unser Demo bekommen.« Er deutete auf den Haufen Papier.

»Was sagt unser Manager?« Nick trank noch einen Schluck Kaffee. »Immerhin bezahlen wir ihn dafür, dass er solche langweiligen Sachen prüft.«

»Ja, der sagt, wenn wir Bock drauf haben, gibt's keinen Grund abzulehnen.«

Sie hörten, wie eine Tür aufging. Jemand tapste barfuß durch den Flur. Dann wurde die Badtür geschlossen. Die beiden Jungs schauten sich an.

»Guten Morgen, ›DTA‹!«, rief Josh lauthals durch die gesamte Wohnung. Er war richtig gut gelaunt. »Auf geht's! Schaffen wir was.«

Nicklas nickte.

Die Band wohnte in Köln in einer schönen Altbauwohnung. Jeder hatte sein eigenes Zimmer. Doch sie teilten sich ein Badezimmer, und es gab kein Wohnzimmer. Die Küche war ihr Aufenthaltsraum. Hier verbrachten sie die meiste Zeit zusammen.

Seit fünf Jahren kämpfte die Band um den ganz großen Erfolg. Sie verschickten Demo-Tapes ohne Ende, nahmen an etlichen Musik-Wettbewerben teil und spielten sich quer durch Deutschlands kleine Hallen und Festivals. Während einer Tour schliefen sie im Tourbus oder in einfachen Hotels. Zu Hause waren sie selten. Meistens nur, wenn sie Urlaub hatten. Zurzeit jedoch arbeiteten sie an ihrem zweiten Studioalbum und nahmen dies in Köln auf.

Es war Februar und für dieses Jahr war die erste große Deutschlandtour geplant. Die Vorbereitungen liefen mit Volldampf. Ihr Manager hatte zusätzlich zum Studio einen Proberaum angemietet, wo sie sich täglich trafen. Jeden Montag besprachen sie gemeinsam die Woche.

Am Vorabend waren sie für Promotionzwecke auf einer Musikmesse gewesen. Anschließend sind sie in einem ›Irish-Pub‹ versackt. Da heute Samstag war, hatten sie ein wenig Freizeit. Aber meistens waren die Wochenenden mit Presseterminen vollgestopft, die sie aufgrund der Proben unter der Woche nicht schafften.

Am späten Mittag waren heute alle Mitglieder endlich wach. Es standen häusliche Pflichten auf dem Plan. Die Jungs waren darin gut organisiert. Josh und Marco gingen einkaufen, Tom und Sven putzten Bad und Küche, und Nicklas kümmerte sich um die Wäsche. Am frühen Abend war alles erledigt, und die Fünf machten sich auf den Weg zum Proberaum. Sie hatten Lust zu üben. Die Proben verliefen gut. Im Anschluss trennten sich die Wege der Freunde. Marco, Sven und Tom gingen in einen Club. Nicklas und Joshua begaben sich nach Hause.

Jos Gedanken kreisten ausschließlich um Nadia, als wäre sie eine reale Person. Und genau das war sein Problem: ›Ist sie real? Leidet sie an einem Tumor? Ist es ihr Wunsch, mich einmal zu treffen? Oder ist alles einfach nur ausgedacht? Was hat diese Sophie sich bloß dabei gedacht, mir die Geschichte zu schicken?‹

Am Abend hielt er es nicht mehr aus. Er musste mit jemandem darüber reden.

Nicklas war mit seinen 25 Jahren der Älteste der Band. Jo vermutete, dass er mit Kopfhörern im Zimmer sitzen und auf seinem Bass üben würde. Er klopfte trotzdem an. Keine Reaktion. Josh probierte es energischer. Noch immer keine Aufforderung.

»Nicki? Kann ich reinkommen?« Vorsichtig öffnete er die Tür. Er war natürlich nicht daran interessiert, seinen Kumpel bei einer anderen Beschäftigung zu stören. Doch es war, wie er erwartet hatte: Nicklas saß am Fenster, hatte seine Kopfhörer auf, starrte nach draußen in die Dunkelheit und zupfte auf seinem Bass. Josh durchquerte das Zimmer und fasste Nick vorsichtig an die Schulter. Der erschrak leicht.

»Sorry, aber du hast mein Klopfen nicht gehört«, entschuldigte Jo sich.

»Kein Problem. Was gibt's?«, fragte Nick freundlich.

Josh zögerte einen Moment. Sollte er ihm die Geschichte wirklich zeigen? Er überwand sich und hielt Nick die ausgedruckten Blätter unter die Nase. Da im Zimmer keine Lampe brannte, fiel nur ein wenig Licht aus dem Flur durch die Zimmertür.

»Was ist das? Ein Liebesbrief? Von dir an mich?! Normal ist Tom doch der Glückliche.« Neckend schaute er Jo an.

»Ha, ha, nein, das ist eine Story, die du lesen sollst. Ich würde gerne deine Meinung hören!« Josh wirkte durcheinander.

»Meine Meinung?« Nick verstand nicht, worauf sein Freund hinauswollte.

»Zu der Story«, ergänzte Jo.

»Selbst geschrieben? Willst du jetzt unter die Schriftsteller gehen?« Lachend nahm der Bandkollege die Blätter entgegen.

»Nein, die hat ein Fan mir geschickt.« Verlegen blickte er zu Boden. »Aber sie geht mir nicht mehr aus dem Kopf. Ich versteh das nicht, aber ich muss mit jemandem drüber reden. Und das geht nicht, wenn keiner die Geschichte gelesen hat. Also, tu mir den Gefallen, und lies sie.«

»Alles klar! Mach ich.« Nicklas spürte sofort, dass es für Josh wichtig war. Er stellte keine Fragen und zog seinen Freund auch nicht weiter auf. Jo verließ das Zimmer, ohne noch etwas zu sagen.

Nick streifte den Gurt von seinem Bass über den Kopf und stellte das gute Stück in den zugehörigen Ständer. Die Kopfhörer legte er auf die Fensterbank. Er knipste die Nachttischlampe an und machte es sich auf seinem Bett bequem. Obwohl er müde war, wollte er diese Geschichte sofort lesen. Sein Freund war deswegen durcheinander, das wollte er verstehen. ›So hab ich Josh ja noch nie erlebt!‹

Erst als er Durst bekam, löste er sich langsam von der Story. Bereits mehr als die Hälfte hatte er gelesen. Eigentlich müsste man es ›verschlungen‹ nennen. Als ihm das klar wurde, war er genau so irritiert wie Josh. Er ging in die Küche, um sich ein Glas Saft zu holen. Auf dem Rückweg steckte Jo seinen Kopf aus dem Zimmer.

»Schon durch?«, fragte er hoffnungsvoll.

Nick lachte. »Nein, nicht ganz. Aber ich glaube, ich weiß jetzt schon, warum es dich so beschäftigt. Lass mich lesen, was ihr im Hotel anstellt, und morgen reden wir drüber, okay? Ich bin nämlich echt müde.«

Josh reckte den Daumen in die Höhe und zog sich in sein Zimmer zurück.

Gespannt las Nick den Rest der Geschichte. Grübelnd starrte er auf den letzten Satz. Ja, er verstand was mit Josh los war. Aber das auszudiskutieren musste bis Morgen warten. Er schaltete die Lampe aus und schlief wenige Minuten später ein.

Am nächsten Morgen wurde Nicklas gegen 11 Uhr wach. Die Sonne schien durch die Jalousien ins Zimmer. Staub tanzte in den Strahlen. Verschlafen rieb er sich die Augen. Nick richtete sich auf, und sein Blick fiel sofort auf die losen Blätter, die am Boden lagen. Er nahm sie in die Hand und las die ganze Geschichte noch einmal. Als er sie zu Ende gelesen hatte, verlangten seine Organe einen Kaffee.

In der Küche traf er auf Joshua. In Jogginghose und T-Shirt saß er am Tisch und las in einer Zeitschrift. Nicklas wollte gerade nach Kaffee fragen.

»In der Kanne. Bedien dich.« Josh nickte zur Anrichte hinüber und legte die Zeitung zur Seite.

Nick füllte seinen Becher halbvoll, ergänzte Milch und schaufelte zwei Löffel Zucker hinein. Rührend setzte er sich zu Jo an den Tisch, sagte aber nichts. Joshua zog die Augenbrauen hoch und schaute seinen Freund fragend an. Lange saß Nick da, rührte in seinem Kaffee und schien zu überlegen.

»Gruselig«, stieß er schließlich hervor.

Josh rollte mit den Augen. Stumm bedeutete er seinem Freund, genauer zu werden.

Dieser schlürfte seinen heißen Kaffee. »Also, wenn es nicht so unheimlich wäre, dass diese Geschichte von uns handelt, fände ich sie echt gut. Total lebendig geschrieben, und diese Nadia mit I muss man einfach gerne haben. Aber ich weiß, dass das alles ausgedacht ist. Und das ist irgendwie … gruselig. Ich kann verstehen, dass du dich komisch fühlst.«

Joshua nickte. »Ja, ich fühle mich wirklich eigenartig. Aber trotzdem wirkt es auf mich nicht beängstigend. Ich konnte gar nicht aufhören zu lesen. Ich war gefesselt und weiß nicht warum. Also, eigentlich sollte man das ja krank finden, aber das tue ich nicht. Ich finde das Ganze … irgendwie charmant.«

»Das ging mir ähnlich. Gefesselt war ich auch. Aber das kann die Neugier sein. Wie oft schreibt schon jemand über uns?« Nick lachte. »Sag mal, antworte ich wirklich nie auf Fan-Mails?«

Die beiden unterhielten sich noch eine Weile und diskutierten die Geschichte. Aber es war einfach nicht zu klären, ob das kranke Mädchen aus der Geschichte real sein könnte, wo doch alles andere fiktiv war.

»Du solltest versuchen, das Ganze zu vergessen, Josh! In ein paar Tagen spukt sie dir wahrscheinlich nicht mehr im Kopf herum. Das ist jetzt nur so, weil du sozusagen der Hauptdarsteller der Geschichte bist. Aber ich glaube, es ist alles nur ausgedacht.«

Jo seufzte. »Wahrscheinlich hast du recht.«

Die Gedanken lassen nicht los

AM NÄCHSTEN TAG begann die Woche von vorne. Die alltäglichen Pflichten standen auf dem Plan. Obwohl es viel zu tun gab, schob sich Nadia ständig in Joshuas Gedanken. Sogar in den folgenden Tagen, fand der Spuk kein Ende. Josh behielt dies allerdings für sich. Er schämte sich vor Nicklas zuzugeben, dass er noch immer an dieses Mädchen dachte. ›Gibt es dich, Nadia?‹

Im Stillen gestand er sich ein, dass Nadia eine Frau war, in die er sich verlieben könnte.

Als er nach vierzehn Tagen noch immer täglich darüber nachdachte, setzte er sich in einem ruhigen Moment zu Nicklas. »Ich kann nichts dagegen tun. Immer und immer wieder kreisen meine Gedanken um Nadia. Um diese Geschichte. Und um die Absenderin.«

Müde rieb Jo sich das Gesicht.

»Hm …« Nick war im ersten Moment ratlos. »Ich hätte nicht gedacht, dass dich das so mitnimmt. Vielleicht sollten wir noch jemanden einschalten? Mark? Er ist immerhin unser Manager und …«

Josh schüttelte den Kopf. »Es nimmt mich nicht mit. Es beschäftigt mich. Das ist ein Unterschied. Und ich brauche keine Hilfe. Ist ja nicht so, dass es mich psychisch irgendwie fertig macht. Nur meine Neugier, … die hält mich auf Trab.«

»Und wenn du dieser Sophie einfach mal zurück schreibst? Frag sie doch, was sie sich dabei gedacht hat«, schlug Nick vor.

»Ja, daran hab ich auch schon gedacht. Aber ich weiß nicht genau, wie ich das angehen soll. Ich habe keine Ahnung, wie sie tickt. Du weißt, wie hysterisch manche Frauen auf Kontakt reagieren. Ich möchte von der Sache nichts im Forum lesen. Und vielleicht ist sie ja doch ein wenig, na ja, schizo oder so.«

Nicklas nickte verständnisvoll. Fankontakt war eine heikle Sache. Negative Publicity, verursacht durch Fans, die intime Beziehungen herausposaunten, war nicht hilfreich. Da spielte es keine Rolle, ob es erfunden war oder nicht.

»Und wenn du mit unserem PR-Coach sprichst? Vielleicht kann er mit dir zusammen eine E-Mail formulieren, die dir nützt?« Nick versuchte weiterhin zu helfen.

»Hmpf. Dazu müsste ich aber offenbaren, warum mir das so wichtig ist. Und das möchte ich nicht. Mir ist die ganze Sache … irgendwie … ich weiß auch nicht!« Geknickt ließ Jo den Kopf hängen.

Nicklas überlegte noch einen Moment. Entschlossen sagte er: »Dann schreib ihr! Finde heraus, wie sie so ist! Sei kreativ, der Kontakt zu den Fans ist ja nicht verboten.« Verschwörerisch blinzelte er seinem Freund zu.

Angestrengt dachte Joshua nach: ›Kreativ sein, ja das kann ich probieren.‹

Die Sache mit den E-Mails

EINIGE TAGE SPÄTER saß Joshua auf seinem Bett und hatte den Laptop auf dem Schoss. Gerade beendete er den Newsletter und klickte auf ›Senden‹. Er rief den Posteingang auf und scrollte langsam nach unten. Sophies Mail war eine der wenigen, die keinen Betreff hatten. Er las erneut die kurze unpersönliche Anrede der Mail.

Hi …
Ich möchte eine Geschichte erzählen, die mir so laut im Kopf umherschwirrt, dass ich davon Kopfschmerzen bekomme. Ich will die schmerzende Realität für eine Zeit verlassen und mich der Fantasie hingeben. Ich würde mich freuen, wenn du mich begleitest …

Keine konkrete Anrede, überhaupt keinen Bezug, dass die Mail an ihn gerichtet war und keine Abschiedsgrüße. Sofort war er geneigt, den Anhang zu öffnen und die Geschichte erneut zu lesen. ›Ich kann mich gar nicht mehr an alles erinnern.‹

Doch er beherrschte sich. Geschlagene fünf Minuten überlegte er. Schließlich schrieb Jo:

Betreff: Nette Story!

Weitere endlose Minuten starrte er diese zwei Worte seiner Betreffzeile an. Josh kratzte sich am Kinn, rieb sich das Gesicht. Doch er wusste nicht, was er noch schreiben könnte, um seine Gedanken auf den Punkt zu bekommen.

Klick. So, jetzt war die E-Mail weg. Joshua war gespannt, wie sie darauf reagieren würde. Er las noch etliche andere E-Mails. Doch der Inhalt war immer ähnlich. Er bekam Komplimente für die Auftritte, seine Kleidung, seine Frisur, seine Augen, … für alle Äußerlichkeiten. Er erhielt auch wenige neutrale E-Mails mit allgemeinen Fragen zu Konzerten oder Liedern. Er beantwortete die ein oder andere Nachricht, aber ohne rechte Lust.

Joshua und die anderen hatten von ihrem PR-Coach gelernt, dass es hilfreich war, in kurzen Sätzen zu antworten. Außerdem sollten sie nichts Persönliches preisgeben. Eine gewisse Distanz sollte gewahrt werden. Manchmal fingen Nachrichten von Frauen normal an und am Ende schrieben sie sich in Rage. Oft endete es mit Angeboten sich zu treffen. Viele wollten mit ihm Sex haben. Manchmal bekam er Fotos von leicht bekleideten Damen in allen möglichen und unmöglichen Posen und Outfits. ›Einige sollten sich echt schämen!‹

Innerhalb der nächsten halben Stunde kam keine Antwort von ›Sophie88‹. Ungeduldig klopfte er mit dem Finger auf den Laptop. Was hatte er gedacht? Das sie ihm umgehend zurück schrieb? Er erinnerte sich wieder an die Geschichte. Nadia hatte auf der Arbeit so lange auf seine E-Mail gewartet. Frustriert ging sie abends nach Hause. Erst am nächsten Tag hatte sie eine Mail von ihm.

Grinsend dachte er: ›Obwohl ich keine schnelle Antwort erwartet habe, hoffe auch ich dennoch auf eine solche. Da haben wir ja nun was gemeinsam.‹

Als er sich am nächsten Tag in seinen E-Mail-Account einloggte, ertappte er sich dabei, wie er umgehend nach einer Antwort von Sophie suchte. Da war sie! Sie hatte geantwortet. Neugierig las er die Mail:

Danke! Freut mich, dass sie dir gefällt. Ich habe übrigens gestern Abend Anatomie 2 gesehen und der Hauptdarsteller sah dir total ähnlich.

Aber vielleicht wurde ich auch nur ständig an dich erinnert, weil er im Film Dr. Jo hieß … den ganzen Abend Dr. Jo hier und Dr. Jo dort … jemand wie du hat sicherlich keine Zeit fernzusehen. Aber dich als Arzt könnte ich mir auch gut vorstellen.

Okay, bist lieber Popstar geworden *fg* und verdrehst den jungen Mädels jetzt die Köpfe, anstatt bahnbrechende Entdeckungen auf dem Gebiet der Forschung zu betreiben und den Nobelpreis zu gewinnen *lach*

Na ja, also, bis dann.

Ciao Sophie

›Hm …?‹ Die Antwort brachte ihn völlig aus dem Konzept. Er las sie gleich zwei Mal hintereinander. Keine Komplimente an ihn, kein hysterisches »Du hast mir geantwortet, du liebst mich jetzt«. Keinen Bezug zu der Geschichte. Keine Fragen, um ihn in ein Gespräch zu verwickeln. Ihre E-Mail klang regelrecht neutral. Als wäre es normal, eine Antwort von ihm zu bekommen. Und als wäre es ihr egal, ob er zurück schreibt oder nicht. Grimmig klappte er den Laptop zu. ›Was bildet sich die Tussi eigentlich ein? Erst schickt sie mir eine total blöde Geschichte, verletzt meine Privatsphäre, in dem sie mich für ihre Story missbraucht, und jetzt, wo ich ihr nach mehr als zwei Wochen ein Kompliment dafür mache, quatscht sie mich über ›Anatomie 2‹ voll.‹

»Tzz!« Motzig stand er auf und lief im Zimmer auf und ab. Was ihn wurmte war, dass er den Film am Vorabend auch gesehen hatte. Und dieser blöde Dr. Jo sah ihm gar nicht ähnlich. ›Ich bin viel größer als er!‹

Leise klopfte es an seiner Tür.

»Was?«, rief er wütender als beabsichtigt aus.

Die Tür ging einen Spaltbreit auf, und Nicklas steckte den Kopf ins Zimmer. »Sorry, Jo, ich suche nur … Was ist denn mit dir los?« Er trat ein und schloss die Tür hinter sich.

»Was soll schon mit mir los sein?«, fragte Josh gereizt.

Nicklas verschränkte die Arme vor der Brust und schaute seinen Freund an. Einen Moment hielt Joshua dem Blick stand. Dann gab er nach.

»Ach, ich hab dieser blöden Sophie eine E-Mail geschrieben.« Als würde das alles erklären, warf er sich aufs Bett und sagte nichts weiter.

»Und jetzt ist sie ausgeflippt und hat es gleich im Forum breitgetreten«, glaubte Nick zu wissen und setzte sich auf einen Stuhl.

»Nein.« Jo blieb bockig.

»Sie hat dir nicht geantwortet?«, fragte Nick ungläubig.

»Doch. Hat sie. Zwar erst einen Tag später, aber sie hat mir geantwortet.«

Jetzt musste Nicklas lächeln. Langsam ging ihm ein Licht auf. »Und was hat sie dir geantwortet?«

Empört richtete Jo sich auf. »Sie hat auf meine Antwort, besser gesagt, auf die Geschichte überhaupt keinen Bezug genommen. Die ist 'ne eingebildete, blöde Tussi! Und es war ein Fehler, ihr überhaupt zu schreiben.«

Einen Moment sagte keiner etwas. Nicklas konnte nicht aufhören zu grinsen.

»Und dein blödes Grinsen, kannst du dir sonst wo hin stecken! Dass ich mich ernsthaft so lange mit dieser Scheiß-Geschichte befasst habe. Also, diese Hexe hat garantiert keinen Tumor.« Giftete Jo weiter.

»Darf ich ihre E-Mail mal lesen?« Nick wollte sich eine Meinung bilden.

Wortlos übergab Jo seinen Laptop. Nicklas klappte ihn auf und las Sophies Mail. Sein Grinsen wurde breiter.

»Hast du den Film gestern nicht auch geguckt?«, fragte er neckend.

Joshua verdrehte die Augen. »Ja, hab ich. Und ich sehe dem gar nicht ähnlich. Aber darum geht es doch gar nicht. Die tut gerade so, als wäre ***sie*** jemand Besonderes. Soll ich jetzt dankbar sein, dass sie mir überhaupt geantwortet hat?«

Nick zog die Stirn in Falten. »Jetzt krieg dich mal wieder ein, Jo. Ich weiß gar nicht, wo dein Problem liegt! Du hast ihr eine E-Mail mit zwei Worten geschrieben. Nette Story! Also, wenn ich Sophie wäre, würde ich ***dir*** sagen: So ein fades Kompliment kannst du dir selbst wohin stecken. Dass sie dir erst einen

Tag später geantwortet hat, kannst du ihr ja wohl nicht übel nehmen! Und überhaupt: Wenn hier gerade einer arrogant und überheblich reagiert, dann bist ***du*** das!«

Wütend verschränkte Joshua die Arme vor der Brust.

»Ich finde ihre Antwort total in Ordnung«, fuhr Nick fort. »Sie flippt nicht aus, weil du ihr geschrieben hast, aber sie teilt dir doch total nett etwas mit. Und wie es der Zufall will, habt ihr beide gestern diesen Film gesehen. Also habt ihr schon mal eine Gemeinsamkeit. Sie erscheint mir eher vernünftig, und vielleicht ist sie auch eingeschüchtert. Du weißt doch gar nicht, wie sie sich gefühlt hat, als sie deine Nachricht im Posteingang gefunden hat. Per E-Mail kann man kühl und beherrscht wirken, aber vielleicht ist sie auch vor Freude nackt durch die Bude getanzt.«

Jos Haltung veränderte sich. Lockerte sich. Nachdenklich blickte er an Nick vorbei. Schließlich fragte er kleinlaut: »Und? Soll ich jetzt noch mal zurückschreiben?«

»Josh, dazu kann ich dir keinen Rat geben«, seufzte Nick. »Du kannst ihr neutral zurück schreiben und weiterschauen, wie sie sich benimmt. Und vielleicht kommt ihr doch noch irgendwann, auf ihre Geschichte zu sprechen. Und bis dahin kannst du dir überlegen, worum es dir eigentlich geht. Oder du lässt es bleiben, und dein Interesse flacht von selbst wieder ab.«

»Nicht Interesse, sondern ***Neugier***!«, verbesserte Jo.

Nick grinste. »Oookay, deine Neugier flacht vielleicht von selbst wieder ab.«

Zufrieden nickte Jo.

»Mach dir nicht so einen Kopf, Joshi!« Mit diesem Satz klopfte Nick seinen Kumpel auf die Schulter und stand auf.

»Ach Nick«, rief Josh, »was wolltest du eigentlich vorhin?«

»Ich suche mein gelbes Sweatshirt. Marco meinte, du wüsstest vielleicht, wo es ist.«

»Japp, hab's gestern im Proberaum liegen sehen!«

»Ah, ja, danke!« Nick verließ das Zimmer.

Joshua atmete tief ein und zog sich den Laptop auf den Schoß. Er las ihre E-Mail noch einmal. ›Eigentlich hat sie mir doch ganz nett geschrieben.‹

Er grinste über ihre Anspielung, er sei Popstar. Und wieso war ihm vorhin nicht aufgefallen, dass sie ihm Komplimente machte?

```
Jemand wie du …
Verdrehst lieber den Mädels die Köpfe …
```

Seine Stimmung hob sich ernorm. Er klickte auf den Reply-Button.

```
habe den film witzigerweise auch gesehen … finde aber nicht, dass der mir so ähnlich sieht, ich bin nämlich viel größer als er. beste grüße joshua
```

Er schrieb, was ihm in dem Moment durch den Kopf ging.

›Mal sehen, ob sie darauf auch etwas Passendes findet!‹

Das tat sie. Und in den nächsten Tage sendeten sie sich mehrere Nachrichten. Das war lustig. Sophie hatte eine angenehme Art. Sie schrieb wie er: kurz und knackig. Außerdem war sie direkt. Jedoch vermied sie persönliche Fragen und erzählte ihm auch keine persönlichen Details. Josh musste sich eingestehen, dass er gerne mehr über sie gewusst hätte. Sie tauschten sich über Filme aus, über Schauspieler, über Musik. Eines Tages fragte sie ihn, ob es überhaupt noch jemanden gäbe, der Lust hatte, gegen Sven beim ›Singstar‹ spielen anzutreten. Josh lachte darüber und antwortete ihr, dass Sven nur bei ›Pur‹ volle Punktzahl erreichte. ›Ist das schon zu privat?‹

Er nahm sich vor, sich nicht hinreißen zu lassen, mit ihr über die Freizeit der Band zu plaudern. Er besann sich darauf, dass er sie überhaupt nicht kannte. Verdammt! Irgendwie war er da schon wieder so reingerutscht. Hatte sich von diesem Kontakt fesseln lassen. Wie von ihrer Geschichte auch.

Nicklas erkundigte sich regelmäßig bei Josh über den Stand der Dinge. »Hey, Jo, also ich hoffe du weißt, dass ich überhaupt nix dagegen einzuwenden habe, dass du ihr schreibst. Aber ich wäre kein guter Freund, wenn ich dich nicht jetzt wenigstens einmal ermahnen würde, wieder etwas mehr Distanz zwischen euch zu bringen. Du kennst Sophie nicht. Auch wenn du dir das vielleicht wünschst …«

Jo legte Nick eine Hand auf die Schulter. Er wusste genau, worauf sein Freund hinauswollte. In den letzten Tagen hatte Josh sich selbst hundertmal darauf aufmerksam gemacht, dass er zuviel Kontakt zu Sophie hatte.

Aber haben wir nicht alle ein Talent dafür, uns selbst zu belügen? »Och, eine Mail noch …! Nein, der Kontakt ist gar nicht zu viel …! Morgen schreib ich ihr erst mal nicht mehr zurück …! Ab Morgen esse ich keine Schokolade mehr …! Nächste Woche gehe ich wieder ins Fitness Studio …«

»Ja, ich bedenke das. Danke, dass du für mich da bist! Ich werde mich jetzt zurückhalten. Das habe ich mir schon seit ein paar Tagen vorgenommen.«

Beruhigt ließ Nick Josh alleine.

Als hätte Sophie etwas gespürt, schrieb sie Jo über eine Woche keine E-Mail.

Die ersten drei Tage checkte er mehrmals täglich seinen Posteingang, nur um zu schauen, ob sie ihm geschrieben hatte. Am vierten Tag war er traurig, nichts von ihr gehört zu haben. Als er diese Tatsache bewusst registrierte, versetzte ihn das leicht in Panik. Was war denn mit ihm los? ›Das ist ja wie eine Sucht! Ich muss das in den Griff bekommen!‹

Joshua war schon immer ein Frauenschwarm gewesen. Bereits im Kindergarten wollten alle Mädchen mit ihm ›Teeparty‹ oder ›Vater, Mutter, Kind‹ spielen. Er bekam zum Geburtstag jedes Jahr sehr viele Glückwunschkarten. Seine Schulzeit war geprägt von Liebesbriefen und Liebesbotschaften übers Telefon. Seine Mutter war hunderte Male von den Anrufen genervt worden. Aber Joshua hatte es genossen. Er stand gerne im Mittelpunkt. ›Was ist daran verkehrt, gut auszusehen?‹

Natürlich trug er seinen Teil dazu bei. Er machte regelmäßig Sport, rauchte und trank nicht, und obwohl er für Pizza sterben würde, achtete er auf eine ausgewogene Ernährung. Sein Verschleiß an Freundinnen war bereits seit seinem fünfzehnten Lebensjahr immens. Es fiel ihm sehr schwer sich an Eine zu binden, wo es doch so viele schöne Ladies gab. Mit seinem Gewissen war er im Reinen, da er den Damen vor jedem Liebesabenteuer klar sagte, dass er an einer festen Bindung nicht interessiert sei. Es war erstaunlich, wie viele Frauen ebenfalls nur Spaß wollten. Jedenfalls behaupteten sie das im Vorfeld. Die Wahrheit sah am nächsten Morgen oft ganz anders aus - wie so einige Mädchen ohne Make up ebenfalls …

Er erinnerte sich aber an einen heftigen Vorfall, aus dem letzten Sommer. Nach einem Gig hatte er ein hübsches Mädchen sozusagen aufgerissen. Sie war den ganzen Abend im Club um ihn herumgeschlichen. Etliche Tequila später saß er mit ihr im Taxi zu ihrer Wohnung. Josh hatte nicht nur die Tequila, sondern ebenfalls etliche Bier intus und griff ihr auf der Rückbank beherzt unter den Rock. Da auch sie stark angetrunken war, offenbarte sie ihm ihr Herz. Sie erzählte ihm, dass sie schon seit Monaten in ihn verliebt sei und es kaum glauben könnte, dass er sie ebenfalls mochte. Sie stellte klar, dass sie auf keinen Fall für eine schnelle Nummer zu haben sei. Sie wäre zu Sex nur in Verbindung mit echten Gefühlen bereit.

Er hatte ihr damals tief in die Augen geschaut und sie sanft geküsst. »Schauen wir doch mal, wie sich alles entwickelt. Du weckst in mir ganz besondere Gefühle.«

Das war einer seiner Standardsprüche. Nicht eine Sekunde hatte er an den Beginn einer Beziehung gedacht. Aber wenn man schon mal gemeinsam im Taxi sitzt und einem fast die Hose platzt, will man auf keinen Fall alleine im Bett landen.

›Was ich für ein Schwein war‹, schoss es Joshua durch den Kopf. ›Nadia gesteht in der Geschichte, dass auch sie Gefühle für die wichtigste Nebensache der Welt braucht. Sie würde ich nie so schamlos ausnutzen.‹

Als Jo am nächsten Morgen bei dem Mädchen aufwachte, zeigte er deutlich, dass er überhaupt keinen Gedanken an eine Beziehung verschwendet hatte. Sie war in Tränen ausgebrochen und hatte sich im Bad eingeschlossen. Er war genervt von diesem Gefühlsausbruch. Jo verspürte einen leichten Kater und konnte ihr Geheule kaum ertragen. Mit heftigen Vorwürfen und hysterischem Gekreische hatte er gerechnet. Verletzte Frauen rasteten oft total aus. Doch sie war nicht ausgerastet. Sie bat ihn zu gehen. An diesem Morgen begrüßte er ihre Aufforderung. Froh, ihr Schluchzen nicht mehr hören zu müssen, verließ er die Wohnung.

Jetzt, wo er sich daran erinnerte, fand er es herzlos und überheblich. ›Kaum zu glauben, dass ich mal so drauf war!‹

Dieses Mädchen, er glaubte sie hieß Annabelle, schrieb ihm einige Tage später eine E-Mail. Der Grund ihrer Nachricht war ihr gebrochenes Herz. Doch sie machte Jo keine Vorwürfe. Die machte sie sich selbst. Was sie ihm über seinen Charakter zu sagen hatte, traf ihn hart. Am Anfang war er sehr wütend über ihre Aussagen. Arrogant wie immer stand er darüber und behauptete vor sich selbst, dass sie komplett im Unrecht sei. Doch ihre Worte gingen ihm lange nicht aus dem Kopf. Wenige Abende später versuchte er, ein Mädchen aus einer Bar abzuschleppen, als ihm ganze Passagen aus der Mail einfielen. Er erkannte, dass Annabelle ihn ziemlich gut charakterisiert hatte. Als ihm das klar wurde, änderte er sein Verhalten von Grund auf. Er ging bewusster mit den Gefühlen anderer Menschen um. Insbesondere mit denen von Frauen. Natürlich war er noch immer verspielt und nicht gerade ein Kind von Traurigkeit, jedoch war er reifer.

Jetzt saß er hier und fühlte zum ersten Mal etwas, was er nicht sofort verstand. Da war ein Interesse an einer Frau, die er überhaupt nicht kannte.

›Es ist Neugier, kein Interesse!‹ Doch er konnte sich nicht länger belügen. ›Es ***ist*** Interesse. Ich will sie so gerne kennenlernen. Ich muss das wieder abstellen!‹

Die nächste Zeit konzentrierte sich Jo ausschließlich auf seine Aufgaben, was ihm unglaublich schwer fiel. Am fünften und sechsten Tag loggte er sich gar nicht in seinen Account ein. Ab dem siebten Tag kreisten seine Gedanken nicht mehr ausschließlich um Sophie. Das beruhigte ihn. ›Ich darf mich da nicht reinsteigern! Ich muss sie vergessen.‹

Doch natürlich kam der Moment, an dem er wieder eine E-Mail von ihr bekam. Es war der elfte Tag nach ihrem letzten Kontakt. Jo hatte erwartet, dass sie Gründe aufzählen würde, warum sie sich so lange nicht gemeldet hatte. Doch das tat sie nicht.

»Madam hält es nicht für nötig, sich zu erklären!«, murmelte er vor sich hin.

Sophie erzählte ihm, dass sie am Wochenende im Kino war, um einen Horrorfilm zu sehen. Da an dem

Abend die Premiere von ›Ice Age 3‹ lief, hatte sie Otto Waalkes im Kino gesehen. Viele Fans hatten sich dort um ihn geschart. Sie fragte, ob er ihre Theorie bestätigen könnte, dass übermäßig viele hässliche Fans auf Stars treffen. Sophie fragte ihn gerade heraus, wie seine persönlichen Erfahrungen waren.

Darüber musste Josh grinsen. Er überlegte. Seine Band war nicht so bekannt, dass sie auf der Straße angesprochen wurden. Die Jungs hatten einen festen Freundeskreis. Hier machte sich keiner etwas aus ihrem Status als Band. Im Bekanntenkreis der Musiker gab es natürlich einige wenige, die ehrfürchtig den Erzählungen über Musikmessen oder Festivalauftritten lauschten.

Während Gigs in fremden Städten kam es manchmal vor, dass die Jungs angesprochen wurden. Diese Mädels passten jedoch wirklich in Sophies Muster. Nicht alle, aber viele. Joshua bemerkte, dass sie geschrieben hatte, dies wäre ihre Theorie. In der ursprünglichen Geschichte war es Nadias Behauptung. ›Sind Sophie und Nadia doch ein und dieselbe Person?‹

Jo wollte ihre Frage nicht beantworten. Das könnte verhängnisvoll enden, sollte Sophie das Ganze doch irgendwann ins Internet stellen. Daher blieb ihm keine andere Wahl, als die Frage unbeantwortet zu lassen und nachzuhaken, ob sie hübsch sei. Eine leise, warnende Stimme in seinem Kopf wollte verhindern, dass er die Frage absendete. Doch die Stimme seiner Neugier war lauter. ›Kriegt ja keiner mit.‹

Gespannt saß er vor seinem Laptop. Bestimmt würde sie ihm jetzt ein Foto schicken. Bereits zwei

Minuten später bekam er eine Antwort. Sophie war also auch gerade online.

```
Ich bin nicht hässlich genug, um dich zu treffen, aber auch nicht hübsch genug, um dir aufzufallen.
```

Sprachlos las er diesen einen Satz. Frech und witzig. Sie hatte kein Foto angehängt. Darüber war er ein wenig enttäuscht und ein wenig verärgert. ›Spielte sie mit mir?‹ Josh fand es unfair, dass sie wusste wie er aussah und er keine Ahnung von ihr hatte. ›Hm, wahrscheinlich ist sie nicht so prall!‹

Er merkte, wie sein Interesse schwand. Als hätte man einen Luftballon mit einer Nadel angestochen.

Ohne lange darüber nachzudenken, klickte er auf ›Antworten‹ und schrieb:

```
Ah, okay ...
```

Senden. Hm! Er war sicher, dass der Kontakt jetzt endgültig vorbei war. Doch keine zehn Minuten später hatte er ihre Antwort.

```
Ah, OKAY?? Ich lasse mir hier einen dermaßen kreativen Spruch einfallen, und alles, was du antwortest, ist »ah okay«??
Ich wollte nicht prahlen, aber ich bin natürlich wunderschön. Habe lange dunkle Haare, große braune Augen und eine Figur von der jeder träumt. Ich dachte nur, das zu schreiben, wäre vllt zu angeberisch ...
Deine schöne Sophie
```

Joshua grinste breit. Diese Dame war schlagfertig. Jetzt war sie richtig offensiv geworden. Anscheinend hatte er sie mit seiner desinteressierten Antwort getroffen. ›Ob sie sich auch so auf meine E-Mails freut, wie ich mich auf ihre?‹

`Oh, das klingt ja wirklich gut! Bist du Schneewittchen?`

Er hatte keine Ahnung, warum er sie mit Schneewittchen in Verbindung brachte, aber in Gedanken taufte er sie so. Wieder, nur wenige Augenblicke später, las er ihre Antwort.

`Ja, du hast mich enttarnt. Verrate es aber nicht weiter! Sag mal, hast du nix zu tun?`

Jo schmunzelte über ihre freche Frage und schrieb:

`Doch, sehr viel sogar!`

Und das stimmte auch. Er saß hier und vertrödelte seine Zeit mit e-mailen, anstatt die Küche aufzuräumen und sich für die Proben umzuziehen.

Von Sophie kam im direkten Anschluss nichts mehr zurück. Er klappte den Laptop zu und ging in die Küche.

Die moderne Kommunikation

DIE TAGE UND WOCHEN rasten. Der Tourstart stand endlich kurz bevor. Dies würde die bisher größte Tour für ›DTA‹ werden. 40 Auftritte in 32 Städten standen auf dem Programm. Dazu unzählige Autogrammstunden und Pressetermine. Unter anderem auch ein Konzert in Darmstadt. Was ja nicht wirklich besonders weit weg war von Frankfurt. Allerdings sollte dies erst Ende des Jahres stattfinden.

Die Stimmung in der Band war angespannt. Sie probten doppelt so viel wie vorher, gaben Interviews und mussten zu Shootings. Jeder von ihnen schnüffelte in dieser Zeit stark am Promidasein. Die Community wuchs. Im Gästebuch erfolgte der tausendste Eintrag. Die aktuelle Single der Band war ein richtiger Sommerhit geworden, und die Radiostationen spielten ihn rauf und runter. Fast täglich gab es neue, positive Nachrichten, die den Jungs das Gefühl gaben, alles richtig zu machen.

»Und, weißt du langsam, wohin das führen soll? Ich meine diese Sache mit dir und Sophie?«, fragte Nick eines Abends vorsichtig, während er sich mit zwei gekühlten Bieren zu Josh auf die Dachterrasse setzte.

Auch wenn Jo allen Mitgliedern der Band offen von Sophie berichtete, war Nicklas der Einzige, der die Story gelesen hatte. Marco und Sven machten sich nicht viel aus der Sache, nur Tom hörte sich die Berichte argwöhnisch an. Ihm gefiel das Ganze nicht. Er hatte Angst, Jo könnte die ganze Band in Schwierigkeiten bringen. Für Tom war es eine Frage der Zeit, bis diese Sophie alle E-Mails ins Netz stellte. Ihm wäre es am liebsten, wenn Josh die Schreiberei mit ihr einstellen würde. In Toms Augen waren alle Frauen gleich. Sie wollten doch nur ihre Stücke vom Kuchen abbekommen. Einmal im Rampenlicht stehen. Einmal in der Boulevardzeitung von einer heißen Affäre berichten. ›Keine von den Zicken freundet sich einfach so mit uns an! Die haben alle Hintergedanken.‹

Doch bisher hielt er sich mit seinen Äußerungen zurück. Für ihn war der richtige Zeitpunkt noch nicht gekommen, sich ernsthaft einzuschalten.

»Hm, ich habe mir darüber keine weiteren Gedanken gemacht. Ich dachte, das ergibt sich vielleicht von selbst … irgendwann«, antwortete Jo aufrichtig.

»Wie lange schreibt ihr euch jetzt schon? Drei Monate? Nicht das sich auf ihrer Seite ungewollte Gefühle aufbauen. Sie könnte dir noch richtig Stress machen!« Nick äußerte seine Bedenken. Jo reagierte unerwartet heftig.

»Es bauen sich keine ungewollten Gefühle auf. Sie ist wirklich ein ganz normales Mädchen. Intelligent, witzig und absolut auf dem Boden geblieben. Wir schnacken einfach nur …«

»Aha. Es ist ja auch das Normalste, mit dem Schlagzeuger von ›Dark Tower Alliance‹ zu schreiben, anstatt mit seinen Freunden! Mensch Josh, verrenne dich da bitte nicht in etwas. Denk an ihre Geschichte! Sie ist vielleicht schon hoffnungslos in dich verliebt. Vielleicht ist sie ja sogar etwas gestört. Was wissen wir schon? Vielleicht denkt sie ja, die Geschichte wäre wahr! Stell dir vor, in ihrem Kopf seid ihr ein Paar! Du hast seit einem relativ langen Zeitraum Kontakt zu einem Fan. Und der geht auch von dir aus. Entweder du informierst unseren PR-Coach, oder du schaltest einen Gang zurück.«

Jo funkelte Nicklas zornig an. »Du bist echt ein …«

»Joshi, ich mein das nicht böse«, unterbrach Nick ihn sanft. »Ich will nicht, dass es Ärger gibt. Das ist alles. Ich habe dir vor einigen Monaten dazu geraten, ihr zu schreiben. Weißt du noch? Und ich finde, es war auch eine gute Idee. Die Story um ein todkrankes Mädchen hat dir zugesetzt. Jetzt belastet dich das aber nicht mehr. Und wenn wir ehrlich sind, weißt du weder ob die Geschichte wahr ist noch ob Nadia und Sophie dieselben Mädchen sind. Daher bitte ich dich als Freund: Frage dich, was du dir von diesem Kontakt versprichst, und verhalte dich dementsprechend.« Nick hielt ihm die Flasche hin. »Okay?«

Josh stieß mit ihm an. Beide tranken einen großen Schluck.

Abschließend meinte Josh: »Danke! Das habe ich gebraucht.«

Lächelnd erwiderte Nick: »Jederzeit, mein Freund.« In Gedanken fügte er hinzu: ›Bauen sich da bei dir vielleicht ungewollte Gefühle auf?‹

Über das Gespräch dachte Josh ernsthaft nach. Er glaubte nicht, dass Sophie sich etwas auf den regelmäßigen Kontakt einbildete.

»Aber glauben heißt nicht wissen!« Das sagte sein Vater immer.

Wenn Josh ehrlich war, wurden die E-Mails seit der Schneewittchen-Sache etwas zweideutiger. Sie waren »flirty«, wie Tom gerne zu sagen pflegte. Jedoch auf einer für Jo völlig unbekannten Ebene. Ja klar, er wusste wie man flirtete. Er wusste auch, was man

Frauen sagen sollte, wenn man sie ins Bett kriegen wollte. Täglich wurde er mit E-Mails bombardiert, in denen Frauen verzweifelt versuchten, mit geschickten Sätzen und Fotos seine Aufmerksamkeit auf sich zu ziehen. ›Wenn es einen Meister gibt, dann mich!‹

Selbstgefällig stellte er sich in seinem Zimmer vor den Spiegel und grinste machohaft. Doch war es mit Sophie anders. Vor ihr war er kein Macho. Ihr konnte er erzählen, was er wirklich dachte. Ihr schrieb er, wie es ihm wirklich ging, was er fühlte, was ihn ärgerte, was ihm gefiel. Zu ihr war er einhundert Prozent aufrichtig. Er war völlig er selbst. Die Komplimente die er ihr machte, bezogen sich tatsächlich auf ihren Charakter. ›Auf was auch sonst, ich habe ja keine Ahnung wie sie aussieht …‹

Er setzte sich auf die Fensterbank und stutzte. Stimmt, er wusste nicht wie sie aussah. Zum ersten Mal war ihm das nicht so wichtig. Ihre Art machte sie vor seinem inneren Auge zu einer wunderschönen Frau. ›Da ist vielleicht doch was dran, an dem Spruch mit den inneren Werten …‹

Joshua bemerkte, dass ihm zum ersten Mal wichtig war, dass es ihr gut ging. Noch immer sorgte er sich um die Tatsache, dass sie todkrank sein könnte. Ihr Wohl lag ihm am Herzen. Er hatte das Verlangen, dazu beizutragen, dass sie lachte und glücklich war. ›Und was bedeutet das?‹

Er schaute aus dem Fenster. Was wollte er von Sophie? Was passierte da mit ihm? Warum war ***ihm*** der Kontakt so wichtig? Kopfschüttelnd stand er auf und ließ sich aufs Bett fallen. Er dachte an Nicks Worte: ›Ungewollte Gefühle. Hat sie Gefühle für mich? Hab ich Gefühle für sie?‹ Josh zog die Stirn in Falten.

›Blödsinn! Wir verstehen uns gut. Mehr nicht!‹ Gewaltsam verbannte er die Gedanken aus seinem Kopf. ›Ich denke viel zu viel darüber nach …‹

Um sich abzulenken stülpte er sich Kopfhörer über und schaltete den CD Spieler an. Tyler Ward brachte ihm seine innere Ruhe zurück, und er döste ein.

Auf los geht's los

DIE TOUR WURDE IN Köln in der ›Live Music Hall‹ eröffnet. Natürlich war die Halle ausverkauft. Heimvorteil. Zum ersten Mal würden sie vor einem über tausend Mann starken Publikum spielen, welches ausschließlich wegen ›DTA‹ gekommen war. Die vielen Proben hatten sich gelohnt. Alles verlief absolut einwandfrei. Sven versang sich zwar bei einem der neuen Songs, aber da die Fans dieses Lied noch nicht kannten, fiel es keinem auf. Bei der Verabschiedung kreischten die Mädchen ohrenbetäubend laut. Für die Jungs ein sehr angenehmes Feedback.

Die Tage vergingen schwindelerregend schnell. Jeder einzelne Terminplan der Bandmitglieder war vollgestopft. Bis zu achtzehn Stunden waren fest verplant. Es machte unendlich viel Spaß. Obwohl es sehr Kräfte zehrend war.

›So etwas kann man wirklich nur bewältigen, wenn man noch jung ist!‹ Dies ging den Jungs abends oft durch den Kopf, kurz bevor sie in einen komaähnlichen Schlaf fielen.

Joshua hatte nur noch am Wochenende Zeit, seine Fanpost zu lesen. Oft waren es über hundert Nachrichten. Der Kontakt zu Sophie ebbte ab. Doch sie schien sich seinem Rhythmus anzupassen. Jo bemerkte erfreut, dass er bevorzugt sonntags Post von ihr erhielt. Meistens nachmittags, während er am Rechner hing.

Nach einer anstrengenden Woche lag Joshua an diesem Sonntag auf der Dachterrasse in einer Hängematte. Es war Sommer, und die Sonne zeigte sich von ihrer besten Seite. Im sanften Wind schwang er leicht hin und her. Er trug seine neue Sonnenbrille und seine bequemen Bermudas. Sonst nichts. Barfuß und mit nacktem Oberkörper genoss er die warmen Strahlen auf der Haut. Auf dem kleinen Beistelltisch stand ein Glas mit kalter Cola. Dicke Eiswürfel schwammen träge in der schwarzen Flüssigkeit. Daneben stand eine Sonnenlotion. Sein Handy lag ebenfalls auf dem Tisch im Schatten. Den Laptop hatte er auf dem Bauch.

Josh aktualisierte seinen Posteingang und scrollte sich neugierig durch die neuen Elemente. In den letzten E-Mails hatte er mit Sophie über den aktuellen James-Bond-Film gesprochen. Daniel Craig wurde von vielen Fans nicht wirklich akzeptiert. Aber er und Sophie hatten sich darauf geeinigt, dass Craig dem jungen Bond mit seiner rüden und eigensinnigen Darstellung besonderen Charme verlieh. Gespannt öffnete er ihre neueste Nachricht.

`Woher weiß ich eigentlich, dass du wirklich du bist? Und nicht ein von Dark Tower Alliance angestellter Profi-Chatter, der so larifari mit den Leuten plaudern soll?`

Schmunzelnd trank er einen Schluck Cola. Die Eiswürfel klirrten. Ein Kondenstropfen lief außen am Glas hinab und tropfte auf seinen nackten Oberkörper.

»Ugh«, stieß er hervor und stellte sein Glas wieder auf den Tisch. Jo wischte den kalten Tropfen weg, knackte mit den Fingern und schrieb:

Ist doch egal, ich bin ein sehr netter Profi-Chatter und werde fürstlich bezahlt!

Während er auf ihre Antwort wartete, las er Mails von anderen Fans. Etliche löschte er genervt. Einige beantwortete er oberflächlich. Josh spürte, dass Sophie ihm bald zurück schreiben würde. ›Ob sie auch gerade irgendwo in der Sonne sitzt? Ob sie bewusst gerade jetzt online ist?‹

Mal wieder fing er an, sich über die Umstände Gedanken zu machen. Er versuchte sich vorzustellen, wie sie in einem Park auf einer Wiese lag und ihm E-Mails schrieb. In seiner Fantasie trug sie ein helles Kleid und hatte die Haare zu einem Zopf geflochten. Lächelnd lag er da, als das sanfte Tonsignal »Klink« ihm signalisierte, dass eine neue E-Mail eingegangen war.

Echt? Toll, … ich will auch so einen Job! Kannst mich ja mal deinem Chef empfehlen ^^ :o)

Hast du eigentlich schon ›The Dark Knight‹ geschaut? Ich muss ihn unbedingt noch sehen. Vor allem, weil ich Heath Ledger in seiner letzten Rolle sehen will :(*schnief*

Joshua verbrachte die nächsten zwei Stunden gut gelaunt auf der Dachterrasse und mailte mit Sophie. Er fand diesen Kontakt einfach schön. Angenehm. Sie tauschten ihre Interessen aus. Ihre Meinungen und Gedanken. Sie fragte ihn nicht nach der Band oder der laufenden Tour. ›Ob sie wohl gerne fragen würde?‹

Und er fragte nicht nach der Geschichte, die der Anfang ihrer Gemeinsamkeit war. Obwohl ihm die Ungewissheit auf der Seele brannte.

Gerade hatte Sophie ihm geschrieben, dass sie für heute Schluss machen müsse, als Nicklas durch die Tür trat. »Ah, hier steckst du! Hast du Hunger? Wir haben 'ne leckere Tortilla gemacht und wollen gleich essen.«

Als Josh das Wort Tortilla hörte, knurrte sein Magen. Grinsend strich er sich über den Bauch. »Mir scheint, ich bin hungrig.«

»Dann beende, was immer du hier tust, und komm runter.« Nick zwinkerte nicht wie sonst, sondern blickte Jo ernst an.

»Warte, ich bin schon fertig. Ich komm direkt mit.« Er schwang sich aus der Hängematte, klemmte sich seinen Laptop unter den Arm und nahm das leere Glas vom Tisch.

»Bist du denn zu einem Entschluss gekommen?«, fragte Nicklas. Seine Hand lag auf der Klinke, doch er öffnete die Tür nicht.

»Was meinst du damit?«, antwortet Josh neutral.

Nicklas seufzte. »Wie genau soll das weitergehen? Ist das jetzt eine Brieffreundschaft? Willst du mit ihr telefonieren? Sie treffen? Was ist, wenn sie doch irgendwann eine Geschichte über euren Kontakt schreibt und das Ganze ins Forum stellt?«

Genervt erwiderte Josh: »Was ist denn dann? Mal ehrlich, was würde denn so außerordentlich Schlimmes passieren? Und außerdem: Was hätte sie denn bitte davon?«

Darauf hatte Nick keine Antwort, zuckte mit den Schultern und schüttelte den Kopf. »Keine Ahnung, vielleicht will sie damit …«

»Nicki, bitte, … du musst mir da vertrauen! Wir schreiben uns ausschließlich in Bezug auf Filme, Schauspieler, Musik, und einmal haben wir uns einen halben Nachmittag über Geister, Vampire und Dämonen unterhalten. Was soll sie mir daraus für einen Strick drehen? Ich bin mir sicher, wir werden keine böse Überraschung erleben.« Jo sprach überzeugend auf seinen Freund ein.

»Hoffen wir, dass du recht hast. Tom wird schon ganz eifersüchtig.« Nicklas lachte und boxte Joshua gegen den Arm. In dem Moment wurde die Tür von Innen aufgestoßen.

»Wenn man vom Teufel spricht«, murmelte Nick.

»Habe ich da gerade meinen Namen gehört? Ich eifersüchtig? Auf wen?« Mit forschem Blick musterte Tom die zwei anderen. Zuerst antwortete keiner. Schließlich ergriff Nicklas das Wort. »Mr. Curiosity, du musst deine Nase und Ohren wohl in alles hineinstecken. Wir reden über Sophie!«

Da machte Tom ein übertrieben betroffenes Gesicht und nickte. »Ja, das stimmt! Joshi, du brichst mir das Herz.«

»Ha, ha – ihr seid ja so lustig, Jungs. Ich kann auch nix dafür, dass die Mädels ***mich*** immer so geil finden!« Jo streckte sich und fuhr sich lässig durch die Haare.

»Ja, du Adonis! Aber mal ernsthaft: Du mailst ja schon länger mit ihr. Nicht dass du ihr noch deine Nummer gibst.« Tom wollte mit dem Spruch einen warnenden Scherz machen.

»Würde ich nie nicht machen. Großes Indianerehrenwort.« Mit einem unschuldigen Blick legt Jo eine Hand aufs Herz. Im Stillen dachte er: ›Wie oft ich schon kurz davor war, sag ich lieber nicht.‹

»So, Jungs, es rührt mein Herz, das ihr euch so viele Gedanken macht«, sagte Jo, »aber es ist eigentlich so harmlos und unwichtig, dass es sich nicht lohnt, darüber zu spekulieren oder zu reden.«

»Und uneigentlich?«, bohrte Tom weiter.

Jo verdrehte die Augen. Wie immer, wenn er genervt war. »Es gibt kein uneigentlich. Der Kontakt ist harmlos und bedarf keiner weiteren Diskussion.«

»Na, wenn das so ist!« Tom war vorerst zufrieden und ließ das Thema ruhen.

Nick schwieg. Er merkte, dass sein Freund nicht ganz ehrlich war. ›Hoffentlich weißt du, was du machst!‹

Joshuas Magen knurrte erneut. »Können wir jetzt endlich Tortilla essen?« Er quetschte sich an Tom vorbei und stieg die Treppe herunter.

Bad Vibrations

FREITAGABEND. Zwei weitere Wochen waren vergangen. Die Jungs von ›DTA‹ hatten ein mittelmäßiges Konzert in Kiel hinter sich. Obwohl es Juni war, herrschte dort schlechtes Wetter. Lustlos, noch etwas zu unternehmen, blieben die Jungs im Hotel. Joshua saß mit Sven und Marco an der Bar. Nicklas war mit Kopfschmerzen auf seinem Zimmer verschwunden. Wo Tom derzeit herumstreunte, wusste keiner.

Die drei tranken Bier und unterhielten sich über die kommenden Tage. Sie scherzten und lachten gemeinsam. Joshua ging es richtig gut. Bis plötzlich Sophie in seine Gedanken trat. Er wurde kribbelig und hatte das Verlangen, sofort seine E-Mails zu checken.

»Ich muss kurz für Königstiger«, entschuldigte er sich und stand auf.

Jo durchquerte die Lobby und steuerte auf die Toiletten zu. Er schloss sich in einer Kabine ein und zog sein neues iPhone aus der Tasche. Für die Tour hatten sie vom Manager extra solche Dinger bekommen. Angespannt loggte Josh sich in seinen Account ein. Zweimal musste er alle Elemente durchschauen, bis er ihre E-Mail fand. Beim ersten Mal musste er sie übersehen haben. Sie wurde von ihr vor über einer Stunde versendet.

Fasziniert dachte er: ›Ich habe es gespürt!‹

Schwungvoll tippte er mit dem Finger auf das Display, und ihre Mail öffnete sich.

Ich brauche deinen Rat: Ich habe morgen Abend ein Date! Soll ich lieber Saw oder The Hills have Eyes ausleihen? Ich kann mich nicht entscheiden, welcher gruseliger ist. Ich brauche etwas, um mich gaaaanz ängstlich ranzukuscheln.
;-) LG Sophie

Er spürte, wie sein Herzschlag im Kopf pochte. Ein leichtes, unangenehmes Kribbeln breitete sich in seinem Magen aus.

›So, so, die Dame hat also ein Date.‹ Sollte er näher darauf eingehen? Sollte er fragen mit wem? ›Vielleicht will sie mich eifersüchtig machen?‹ Er schüttelte den Kopf. ›Quatsch!‹ Jetzt fing ***er*** schon an, mehr aus der Sache zu machen!

Mit kalten Fingern schrieb er ihr zurück.

auf jeden fall saw! beste grüße joshua
(bzw. der nette profichatter …)

Er hatte keine Ahnung, warum er das anfügte. Josh loggte sich aus. Sein Herz klopfte weiterhin, und ihm war kalt. ›Können die hier nicht richtig heizen?‹

Gereizt verließ er die Kabine und schaute in den Spiegel. In dem künstlichen Licht wirkte er blass. Und die Schatten unter seinen Augen sahen riesig aus. Jo wusch sich das Gesicht mit kaltem Wasser und ging zurück zur Bar.

»Das war aber eher ein Königslöwengeschäft, solange wie du weg warst!« Scherzend klopfte Sven ihm auf die Schulter.

Geistesabwesend starrte Jo auf seine Flasche. Sie war fast leer. Ihn fröstelte es noch immer.

»Alles klar mit dir?«, fragte Marco ernst. »Du siehst auf einmal so blass aus.«

›Ist das Licht hier auch so scheiße?‹, dachte er grimmig. »Ja, alles klar. Das muss am Licht liegen. Sagt mal, findet ihr es hier nicht auch auf einmal so kühl?«

Jo schlang die Arme um seinen Oberkörper und rieb sich warm. Marco und Sven schauten sich an.

»Alter, du kriegst jetzt hoffentlich keine Erkältung? Du solltest lieber ins Bett gehen. Du siehst nämlich gar nicht gut aus. Morgen früh geht's Richtung Süden, da haben wir sicher wieder besseres Wetter«, sagte Marco und verlangte nach der Rechnung.

»Willst du noch einen warmen Tee aufs Zimmer?«, fragte Sven.

Joshua überlegte einen Moment. Eine Erkältung konnte er wirklich nicht gebrauchen. »Ja, heiße Zitrone oder so. Mir geht's echt nicht so gut. Könnte sein, dass da was im Anmarsch ist.«

Sven orderte den Tee direkt aufs Zimmer, und Marco bezahlte alle Getränke.

Frierend legte Josh sich direkt ins Bett und zappte sich lustlos durch die Programme. Er schlürfte seine heiße Zitrone und blieb bei einer Quizshow hängen. Langsam wurde ihm wieder warm. Wie im Anfangsstadium einer Erkältung fühlte er sich nun nicht mehr. ›Das haben Marco und Sven mir eingeredet.‹ Motzig fragte er sich, wieso die beiden gleich so eine Panik geschoben haben. ›Hauptsache die Tour ist nicht in Gefahr. Morgen geht's Richtung Süden.‹ Genau genommen ging es nach Hessen. Vormittags ein

Interview bei einer Radiostation in Kassel und am Nachmittag eine Autogrammstunde in Darmstadt.

Er konzentrierte sich auf die Quizshow. Doch schon nach kurzer Zeit regte er sich pausenlos über die blöden Kandidaten auf.

Woher kam bloß die schlechte Laune?

Auf nach Hessen

AM NÄCHSTEN MORGEN mussten sie alle sehr früh aus den Federn. Josh war müde und schlief die gesamte Fahrt von Kiel nach Kassel. Bei der Radiostation angekommen wurden sie herzlich begrüßt. Das Interview, inklusive kleiner A-Capella-Einlage von Sven, machte gute Laune.

Mark lud alle zum Mittagessen ein und gab die neuesten Facts bekannt. Das Album war einen Rang hinaufgeklettert, die Single stand kurz vor dem Eintritt in die Top Ten, und die Angebote, auf Festivals zu spielen, nahmen zu. Ihr Manager war sehr zufrieden. »Wenn ihr so weitermacht, Jungs, dann werden wir sicherlich bald eine Booking-Agentur brauchen, die eure Konzerte und Auftritte organisiert!«

Mit vollem Bauch dösten die Jungs im Van auf der Weiterfahrt nach Darmstadt. Da Joshua am Morgen geschlafen hatte, war er jetzt fit. Obwohl er sich vorgenommen hatte, seine E-Mails erst nächste Woche wieder zu prüfen, loggte er sich mit seinem Handy in den Account ein. ›Ich guck nur mal schnell, wer mir noch so geschrieben hat. Von Sophie will ich jetzt eh nichts wissen!‹

Mit einem halben Auge überflog er die eingegangenen Elemente und stoppte, als er Sophies Adresse erblickte. Jo legte das Handy auf sein Bein und überlegte, ob er die Mail lesen sollte. ›Wieso stell ich mich überhaupt so an? Hatte sie eben ein Date, na und?‹

Josh nahm sein Mobiltelefon in die Hand und tippte die Mail an.

`Saw, okay, danke … werde ich besorgen!`

»Pff!«, stieß er hervor.
Wütend knallte er sein Handy auf den Sitz.

Die Autogrammstunde

DIE AUTOGRAMMSTUNDE FAND in einem Einkaufszentrum in Darmstadt statt. Als die Fünf sich an den langen Tisch setzten, kreischte die Menge ohrenbetäubend laut.

Joshua hatte plötzlich eine Eingebung: ›Was, wenn Sophie mich veräppelt hat? Sie wohnt in Frankfurt. Das ist nicht weit weg. Was, wenn sie vorhat, den Film auszuleihen und mich hier besucht? Vielleicht will sie mich damit ja überraschen?‹ Irritiert hing er diesem Gedanken nach. ›Was ist denn mit mir los? Selbstverständlich kommt sie nicht hier her. Ich könnte später sowieso keine Filme mehr schauen.‹

Die anderen Jungs winkten und begrüßten die Mädels über ein Mikrofon. Marco bat die Fans darum, sich zu beruhigen und nicht zu laut zu schreien. Dann ging's los. Die Fans durften nacheinander an den Tisch vortreten, von einem zum nächsten wandern und sich ihre Mitbringsel signieren lassen. Natürlich blitzten die Fotoapparate ununterbrochen. Joshua saß griesgrämig auf dem äußersten Platz. Zu ihm kamen die Frauen zuerst. Ohne es zu merken, schaute er sich jede Einzelne kurz aufmerksam an. Nach dem dritten Mädchen, welches ihn strahlend anlachte, drängten sich die verrückten Gedanken zurück in seinen Kopf. Josh blickte ihr nach, wie sie langsam den Tisch entlangging und ihre Autogramme einsammelte. ›Sophie täuscht ihr Date vielleicht wirklich nur vor! Das ist vielleicht ein Trick gewesen. Möglicherweise hat sie den Film, steht irgendwo da unten und fragt mich gleich.‹

»Was grinst du denn so vor dich hin, Alter?« Tom schaute ihn belustigt an. »Bis eben warst du noch eine wandelnde Miesmuschel!«

»Was?« Joshua bemerkte jetzt selbst, dass er vor sich hin lächelte. In seinen Gedanken war er für einen kurzen Moment mit Sophie in dem Hotelzimmer aus der Story. »Och, nur so! Macht doch Spaß, hier zu sein!«

Tom nickte, und das nächste Mädchen kam an den Tisch. »Kannst du mir eine Widmung draufschreiben?« Joshua schaute auf und sah eine hübsche, junge Frau.

Sofort dachte er an die Geschichte – an Nadia – und die Situation mit der Eintrittskarte in Gießen.

»Klar, wie ist dein Name?« Er lächelte. Sie lächelte zurück. Das Girl war zirka 1,70 Meter groß und hatte schulterlanges Haar. Sie zwinkerte. Und da war ihm alles klar: Es war Sophie! Sie war gekommen und verhielt sich ganz diskret, unauffällig, zeigte nicht, dass sie ihn kannte. Na ja, gut, kennen war übertrieben ausgedrückt, aber sie wollte ihm unterschwellig klar machen, das sie Sie war. Josh starrte sie an, und das Mädchen zwinkerte erneut.

›Woher weiß ich, dass du Du bist?‹, erinnerte er sich an ihre Mail. Jo machte ein cooles Yeah-Baby-ich-weiss-wer-du-bist-Gesicht und nickte kaum merklich.

»Mein Name ist Nadja-Sofie!«

Hammer! Die Frau war ja wohl mal mega clever. Ihm wurde heiß und kalt gleichzeitig. Es fröstelte ihn so sehr, dass ein unkontrollierter Ruck durch seinen Körper glitt. Sein Arm zuckte, und er ließ den Stift fallen. Mit seinem Knie stieß er gegen den Tisch.

»Alles okay?« Tom musterte seinen Freund von der Seite. Joshua bückte sich unter den Tisch, um seinen wasserfesten Filzschreiber aufzuheben. Sein Blick streifte Sophies Dekolleté.

Er murmelte: »Ja, ja, … alles klar!«

Ihm wurde warm, viel zu warm für seinen Geschmack.

Er fühlte sich auf dem unbequemen Stuhl vor ihr plötzlich klein … und eingeengt. Joshua hatte den Stift aufgehoben und rutschte unruhig auf seinem Stuhl hin und her.

Tom fand das Verhalten seines Bandkollegen äußerst dubios. Als er gerade wegschauen wollte, bemerkte er eine Beule in Joshuas Jeans. ›Das darf doch nicht wahr sein?!‹

Schnell guckte er nach rechts zu Marco. Der war mit signieren beschäftigt. Tom drehte sich um und hielt nach Mark Ausschau. Der lief, Gott sei Dank, mit dem Handy am Ohr hin und her und achtete nicht auf die Band. Zur Sicherheit schielte Tom noch einmal auf Joshuas Schritt. Aber da gab es keinen Zweifel.

Er beugte sich zu Jo rüber und flüsterte: »Alter, was ist los? Hast du 'ne Latte?«

»Hab ich was?«, flüsterte Jo irritiert zurück.

»Mann, ob du ne Latte hast?«, zischte er durch die geschlossenen Zähne.

Josh verstand nicht, was Tom wollte. Sein erster Gedanke projizierte einen Latte macchiato vor sein inneres Auge, bis Tom unauffällig mit dem Kinn auf Joshs Schritt deutete. Jetzt erst guckte der Schlagzeuger an sich herunter.

»Ach du Scheiße«, entfuhr es ihm leise.

Tom musste kichern. Wie ein Schuljunge hielt er sich die Hand vor den Mund. Joshua wurde rot und wand sich auf seinem Stuhl. Das erklärte natürlich das eingeengte Gefühl. Er wollte die Beine übereinander schlagen, doch es gelang ihm nicht. Er guckte sich hektisch um und suchte etwas, das er sich auf den Schoß legen konnte. Die Menge bekam zum Glück nichts mit. Sie waren alle mit Kreischen, Fotografieren und ihn Ohnmacht fallen beschäftigt. Jetzt war er dankbar, dass der Tisch vorne eine Sichtblende hatte, sodass die Fans die Beine und seinen Schoß nicht sehen konnten. Sie blickten alle auf die aktuellen Tourposter. Sophie stand aber genau vor ihm, und wenn sie das sah …! Er wollte im Erdboden versinken. Josh war froh zu sehen, dass sie gerade damit beschäftig war, ihre Digitalkamera einzustellen. Er registrierte, dass er sich jetzt genauso fühlte, wie Nadia in der Geschichte. Wie von einem peinlichen Dämon besessen. So viele Zeichen.

Sophie ließ sich nichts anmerken. Sie stand vor ihm und werkelte weiter an ihrer Kamera herum. Schließlich schaute sie gelangweilt zu ihm hinunter. »Wird das mit dem Autogramm heute noch was?«

In der Tat eine Meisterin der Tarnung. Joshua nickte, guckte sich noch einmal um und sah, dass seine Jacke über der Stuhllehne hing. Er drehte sich halb herum und zog kräftig an ihr. Er wollte sie sich auf den Schoß legen. Doch sein Stuhl stand mit einem Bein auf dem rechten Ärmel, und er schaffte es nicht, sie hervorzuziehen. Mit beiden Händen packte er zu und zog mit gesteigerter Kraftanstrengung. Durch das heftige Ziehen beanspruchte er den braunen Plastikstuhl übermäßig. Ein Bein brach, und er kippte seitlich um.

Die Assistentin der Geschäftsleitung beobachtete das Geschehen aus dem Hintergrund. Sie sah, wie ein Junge aus der Band plötzlich so heftig an seiner Jacke zerrte, dass er samt Stuhl das Gleichgewicht verlor. Noch nie zuvor hatte sie gesehen, dass es jemand schaffte, sich den eigenen Stuhl unterm Hintern wegzuziehen. Schwupps! Weg war er! Einige der Fans fingen an zu kichern, und auch zwei Bandkollegen mussten lachen. Für die Assistentin war es allerdings überhaupt nicht komisch. Sie orderte über ihr Walkie-Talkie sofort einen neuen Stuhl und eilte an den Tisch, um dem jungen Mann auf die Beine zu helfen.

Kurz schaute sie auf den Sitzplan in ihrem Klemmbrett und fragte: »Herr Streta, meine Güte! Haben Sie sich etwas getan?« In Gedanken machte sie sich auf wütende Beschimpfungen und die Androhung einer Klage gefasst. ›Wieso hat der Chef bloß auf diese billigen Stühle bestanden?‹

»Ähm, nein, danke. Es ist alles in Ordnung!« Joshua stand auf und blickte an sich hinab. Erleichtert stellte er fest, dass wirklich alles wieder in Ordnung war. Diese kleine Panne schien überaus unerotisch gewesen zu sein.

Ein neuer Stuhl wurde gebracht. Er verbeugte sich, erntete Applaus und setzte sich anschließend wieder.

»Brauchen Sie ein Glas Wasser?«, bemühte sich die Assistentin weiter.

»Nein, danke, es ist wirklich alles okay!«

Die junge Frau nickte und verschwand im Hintergrund.

›Ist ja noch mal gut gegangen‹, dachte sie erleichtert.

»Geile Nummer«, flüsterte Tom von rechts, und Joshua zeigte ihm unter dem Tisch den Mittelfinger.

Nachdem sich alle wieder beruhigt hatten, konzentrierte Jo sich auf Sophie. »Ich könnte doch aber auch ›Für Schneewittchen‹ schreiben, oder?« Er zwinkerte ihr frech zu.

»Schneewittchen?« Sie zog die Stirn in Falten und guckte ihn an. »Nein, mir wäre Nadja-Sofie lieber, wenn du es heute noch schaffst!«

Jetzt war er irritiert. ›War das etwa ein zickiger Unterton?‹

»Ähm, okay, … ich dachte nur, … weil … na ja … wegen des Spitznamens.«

»Dem was?« Sie setzte jetzt ein Blick auf, in dem deutlich stand: »Bist du irgendwie blöd, oder so?«

Jo fand, dass sie jetzt mit der Tarnung etwas übertrieb. »Ach nix!«

›Nadia … mit I und Sophie mit PH!‹, dachte er, während er schrieb. Er reichte ihre CD grinsend an seinen Bandkollegen weiter.

Das Mädel nahm im Anschluss Tom den Tonträger aus der Hand und sagte zu Jo: »Nadja mit J. Und Sofie mit F. Wie wäre es mit: erst fragen und dann schreiben. Mann, ist mir echt zu doof hier!«

Sichtlich genervt steckte sie ihre Sachen in die Handtasche und stapfte davon. Verdutzt schaute Josh ihr nach. Als die Welle der Erkenntnis über ihn hereinbrach, sackte er lustlos auf seinem Stuhl zusammen.

Die nächsten 45 Minuten brachte er enttäuscht hinter sich.

Zurück nach Köln

NACH DER Autogrammstunde folgten zwei Interviews. Für Joshua war das eine Qual. Obwohl er versuchte, sich zusammen zu reißen, konnte man seine Trübseligkeit nicht übersehen.

Die Fragen der Reporter beantwortete er halbherzig. Meistens sagte er nichts. In Gedanken durchlief er immer und immer wieder die Autogrammstunde. Durchlitt die Schmach ständig aufs Neue. ›Wie konnte mir das bloß passieren, dass ich mich da so verrenne? Ich war mir sicher, dass sie es ist!‹

Motzig saß er am Rand und beteiligte sich nicht. Anschließend fiel es ihm schwer, für die Fotos lächelnd zu posieren. Langsam wurden seine Bandkollegen sauer. Die Stimmung zwischen den Jungs war angespannt.

Im Van pflanzte Joshua sich wortlos auf seinen Sitz. Er stöpselte Kopfhörer in seine Ohren, schaltete seinen Discman an und schloss die Augen. Da am nächsten Tag keine Termine anstanden, fuhren sie nach Hause in ihre Kölner Wohnung.

Nach der Hälfte der Strecke gesellte sich Nicklas zu Jo. Mit einem Finger stupste er ihn an. Mürrisch öffnete Joshua seine Augen und zog sich den rechten Stecker aus dem Ohr.

»Was?«, brummte er.

»Mal unter uns: Was war denn vorhin los? Ich hab das gar nicht richtig mitbekommen. Warum bist du so schlecht gelaunt?« Nick sprach leise.

Die anderen Jungs dösten.

»Ach, … es war … vergiss es!« Motzig guckte Josh aus dem Fenster in die Dunkelheit.

Nicklas erwiderte nichts, sondern schaute seinen Freund weiter an.

Nach einer langen Pause beugte Jo sich zu ihm vor und flüsterte: »Mann, ich dachte ***sie*** wäre es! Es ist total verrückt, aber ich hab mir ***gewünscht*** sie würde heute kommen. Und dann kam dieses Mädel und wollte eine Widmung, und ich dachte plötzlich, es ist irgendwie ein Code. Und dann der Name: Sie hieß Nadja-Sofie!«

Nick pfiff leise durch die Zähne. »Oh, wow, … ja, was für ein Zufall! Eigentlich schon viel zu unglaublich!«

»Ja, nur anders geschrieben, und dann hab ich, na ja da war ihr Dekolleté, ich wollte gar nicht, aber ich bekam … du weißt schon was!« Jo nickte mit dem Kopf Richtung Schritt.

»Oh«, entfuhr es Nick.

»Japp! Oh!« Joshua sank seufzend in seinen Sitz zurück und rieb sich das Kinn. »Mann, Nicki, das ist total strange! Ich weiß nicht, was mit mir los ist, aber ich komme nicht damit klar, dass ich ***wollte***, dass sie kommt. Ich kapier das nicht!«

»Was verstehst du denn daran nicht? Du hast dich verliebt!«

»Verliebt? Quatsch! Nein! Ich finde nur … nein, nicht verliebt!« Jo zog eine Schnute und schüttelte den Kopf.

Nick drückte kurz Joshuas Schulter und ging auf seinen Platz zurück. Besorgt dachte er: ›Jetzt nimmt die Katastrophe ihren Lauf!‹

Jo blieb grübelnd zurück. Schließlich zog er sein Handy aus der Tasche und ging online. Schon wieder. Obwohl er sich vorgenommen hatte, es nicht zu tun. Er aktualisierte seinen Posteingang. 118 neue Elemente. Suchend scrollte er nach unten. Hatte sie ihm noch eine Mail geschrieben? Vielleicht war ihr Date ja schlecht gelaufen und … ›Krieg dich ein, du bist nicht in sie verliebt.‹

Schnell fand er ihre Antwort.

Hey, ich wollte nur mal loswerden, dass ich wirklich froh bin, dass du nicht der echte Joshua bist, denn irgendwann wäre er meinem Charme erlegen, den ich sogar per E-Mail übermitteln kann. Er hätte mich nach einem Date gefragt, sich in mich verliebt. Ich hätte ihm dann sagen müssen, dass leider nichts aus uns werden kann und somit sein Herz gebrochen, *lach* und dann hätte er einen Song über diese ganze Sache schreiben müssen! Hihi!

LG dat Schneewitsche!

Sofort war seine Laune besser! Sie hatte die Mail vor einigen Stunden abgesendet. Aber vielleicht würde sie trotz Verabredung prüfen, ob er ihr schrieb. Ihre freche Mail verlangte einfach nach einer Antwort.

Hätte-hätte liegt im Bette und ist krank! Einem Profi-Chatter das Herz zu brechen, ist wohl nicht so schlimm?

Eine Stunde lang blieb er online. Doch von Sophie kam keine Nachricht zurück.

›Tzz, ihr Date, wahrscheinlich ist sie gerade sehr beschäftigt … mit ›Saw‹ gucken oder essen oder kuscheln? Knutschen?!‹

Er rümpfte die Nase und beantwortete noch andere E-Mails, bis er zu müde wurde. Seine ehemals miese Stimmung gewann wieder die Oberhand.

›Ich bin nicht in sie verliebt!‹

Wer ist Sophie?

AM NÄCHSTEN MORGEN saß Joshua in der Küche am Tisch und hatte einen Becher Kaffee vor sich stehen. Ungeduldig prüfte er als Erstes seine E-Mails. Es gab eine neue Nachricht von ihr. Die Mail war um 03.48 Uhr verfasst worden.

»War 'ne lange Nacht, wie?«, murmelte er gereizt.

Er öffnete ihre Nachricht und las:

`Natürlich nicht! Ein Profi-Chatter kann den ganzen Mist ja auch nicht gleich als Song veröffentlichen.`

Obwohl er nicht wollte, musste er lächeln. Er versuchte sich einzureden, dass es kein guter Charakterzug war, einem Menschen unbekümmert das Herz zu brechen, nur weil er nicht berühmt war.

Doch dann sprach eine sanftere Stimme: »Sie macht einen Witz!«

»Darf man mitlächeln?« Nicklas betrat den Raum und setzte sich zu ihm.

»Ich bin nicht in sie verliebt!« Ups, hatte er das gerade laut gesagt?

Nicklas grinste breit. »Okaaay! Hast du wieder Post von ihr?« Vorsichtig fragte er nach. Er wollte erst mal sehen, wie Josh drauf war.

»Hm? Äh, ja«, antwortete Jo abwesend und scrollte eifrig auf und ab.

»Lass mal sehen!« Nick drehte den Laptop, damit er besser lesen konnte.

Dabei beobachtete Jo ihn genau. Sein Freund schaute sich einen Teil des E-Mail-Verkehrs an. Als er fertig war, sagte Nick nüchtern: »Jetzt hast du endlich deine Antwort!«

»Hä? Welche Antwort?« Jo machte große Augen.

»Na ja, ob sie krank ist oder nicht.« Nick tippte auf den flachen Bildschirm.

»Wieso? Darum geht es nicht. Es ging um eine frühere Mail, in der ich geschrieben hatte…« Josh wollte zu einer Erklärung ansetzen, doch Nick unterbrach ihn.

»Nein, guck hier: Ich hätte ihm dann sagen müssen, dass leider nichts aus uns werden kann«, las er vor.

Josh starrte auf die Zeilen. ›Stimmt, wieso ist mir das nicht aufgefallen?‹

»Meinst du, sie meint das so?« Er war skeptisch. »Man könnte das auch anders verstehen. Vielleicht will sie mich damit provozieren? Als wäre ich nicht gut genug für sie oder weil sie einen Freund hat! Gestern hatte sie ein Date!« Jo tippte sich mit dem Zeigefinger ständig gegen die Nasenspitze, während er nach einer Erklärung suchte.

»Sie hatte gestern ein Date? Und das hat sie dir erzählt?« Nick fragte interessiert nach. »Das erklärt diene miese Stimmung von gestern.«

»Quark, das hatte nix mit meiner Stimmung zu tun. Die außerdem gar nicht mies war.« Josh trank einen Schluck Kaffee.

»Ja, ist klar!«, antwortete Nicklas ironisch. Er dachte einen Moment nach. Dann ging ihm ein Licht auf. »Du hast gedacht, sie meint ein Date mit dir, oder?! Deswegen warst du so davon besessen, dass sie kommt.«

Joshua fühlte sich ertappt. »Was? Nein, … was für ein Blödsinn! Ich hab gar nicht gedacht, dass …«

»Joshi! Sag dem Onkel Nick die Wahrheit!« Grinsend zog er seinen Freund auf.

Jo merkte, dass er Nicklas nichts vormachen konnte. »Ja, okay, kann sein, dass ich vielleicht einmal kurz daran gedacht habe. Mein Fehler! Aber zurück zum Thema: Denkst du echt, dass man aus dem Satz schließen kann, dass Sophie krank ist? Und soll das heißen, dass Sophie gleich Nadia ist?«

»Ich verstehe das jedenfalls so.« Nick kaute auf seiner Unterlippe. So konnte das ganze einfach nicht weitergehen. Es musste einen Weg geben, seinem Freund in der Sache weiterzuhelfen. »Sag mal, Jo, hast du je diese Nummer aus der Geschichte mal angerufen?«

»Welche Nummer?«, fragend zog er die Stirn in Falten.

»Ähm, an der Stelle, wo du ihr in der Geschichte deine Nummer zusteckst - nach dem Essen oder so. Da hat sie doch eine Handynummer angegeben, oder?!«

Joshua überlegte kurz. »Ja, stimmt. Ich hab die Nummer jedoch nie angerufen. Denkst du …«, er sprach den Satz nicht zu Ende.

Grinsend nickte Nicklas. »Ja, ich glaube, dass sie dir ihre Nummer gegeben hat.«

Jos Miene hellte sich auf. »Das ist möglich! Gut kombiniert, Watson.«

»Gehen wir auf Nummer sicher. Ruf sie an!«, forderte Nick.

»Wie? Jetzt? Einfach so? Und was soll ich sagen?« Josh war sofort aufgeregt.

»Hm, überleg dir was. Aber dieses Hin und Her muss ein Ende finden. Verabrede dich doch einfach mit ihr.«

»Spinnst du?«, entfuhr es Josh. »Ich kann sie doch nicht einfach nach einem Date fragen.«

Die beiden Jungs überlegten einen Moment.

»Ach, Nicki, ich kann sie nicht anrufen. Überleg doch mal. Ich, … wir, … die Band, … ich hab Verantwortung und …«

»Mensch, du hast aber auch dir gegenüber Verantwortung. Seit Monaten schreibst du ihr. Wir wissen beide, dass du Gefühle für sie entwickelt hast. Obwohl ich mir schon sicher war, dass niemals eine Frau dein Herz erobern würde.« Er grinste Josh frech an. »Ja, du bist in einer Band, und ja, sie ist mit Sicherheit ein Fan. Aber, mein Gott, wo die Liebe hinfällt.«

»Ruf du für mich an, Nick!«, forderte Josh. »Finde heraus, ob es ihre Nummer ist und …«

Doch Nicklas schüttelte den Kopf. »No way! Nee, nee, das musst du schon selbst machen.« Aufmunternd klopfte er seinem Freund auf den Rücken und verließ die Küche.

Mein Name ist Hase

MIT KLOPFENDEM HERZEN blieb Joshua alleine zurück. ›Ich kann sie doch nicht einfach anrufen!‹

Unentschlossen kaute er auf dem Daumennagel. Doch der Wunsch herauszufinden, ob die Nummer ihr gehörte, war größer als die Angst. Als Erstes änderte er die Anruf-Funktion in seinem Handy. Er stellte es auf ›Anonym anrufen‹. Grinsend freute er sich über seine Intelligenz. ›Falls die Nummer nicht ihr gehört, weiß wenigstens keiner meine Nummer.‹

Anschließend suchte er die richtige Stelle in der Geschichte. Jetzt fehlte ihm nur noch eine ausgeklügelte Strategie. Wie konnte er mehr über sie herausfinden? Angestrengt grübelte er. ›Ich könnte so tun, als würde ich mich verwählen und sie dann in ein Gespräch verwickeln.‹

Er holte sich eine Dose von einem Energydrink aus dem Kühlschrank. ›Nein, sie redet vielleicht nicht mit Fremden.‹ Die Dose zischte beim Öffnen. ›Ich sollte ganz ehrlich sein. Ich war bisher immer ehrlich und werde jetzt nicht mit dem Lügen anfangen. Wenn das ihre Nummer ist, will sie ja, dass ich mich melde. Ich habe nix zu verlieren.‹

Er schaute auf die Uhr. Es war 11.15 Uhr. Er tippte die Nummer ein und lauschte gespannt. Die Verbindung wurde rauschend aufgebaut. Seine schwitzige Hand wischte er am Hosenbein trocken. Es klingelte. Einmal. Zweimal. Ein drittes Mal. Plötzlich: »Ja, hallo?«

»Äh, hallo?« Er sprach mit tieferer Stimme, die sich total verstellt anhörte. Josh räusperte sich und ermahnte sich im Stillen, nicht so albern zu sein. Sein Herz hämmerte in der Brust.

»Ja?« Sie hörte sich freundlich an.

»Ähm, hi, hier ist … Berg, Mathias Berg. Ich rufe von dem Hmrmnius Institut an.« Da er so spontan nicht wusste, wie er das Institut nennen sollte, nuschelte er. Ein Teil in ihm brachte es nicht fertig zu sagen, wer er war. Dieser Teil tarnte sich als Mathias Berg und war gerade dabei, mit ihr eine Telefonumfrage zu beginnen. Der andere Teil in ihm brüllte wütend: »Was machst du für eine Scheiße?«

»Ja?« Das Mädchen fragte nicht nach.

»Darf ich ein paar Minuten Ihrer Zeit in Anspruch nehmen? Wir führen gerade eine Umfrage durch.« Er klang wie ein schmieriger Staubsaugerverkäufer.

»Hm, worum geht es denn genau? Ich bin grade im Büro. Mein Chef sieht es nicht gerne, wenn wir hier privat telefonieren.« Sie blieb freundlich.

In seinem Kopf ratterte es auf Hochtouren. »Wir führen gerade eine Umfrage durch … zu dem Thema, ähm, … also, es ist ganz allgemein! Dauert auch nur eine Minute.«

›Oh Mann, Vollidiot! Sag ihr einfach, wer du bist!‹

»Aha, okay, dann legen Sie mal los, Herr Berg«, sagte sie freundlich.

Joshua besann sich auf die wenigen Umfragen, die er im Leben mitgemacht hatte. »Die erste Frage bezieht sich auf ihren Job. Sie sagten mir gerade, ihr Chef sieht es nicht gerne, wenn Sie privat telefonieren. Darf ich daher annehmen, dass Sie Festangestellte sind? Nicht arbeitslos oder Selbstständig?« Er klang wie ein Geschäftsmann.

»Das ist richtig«, erwiderte sie.

»Wie viele Mitarbeiter beschäftigt Ihre Firma insgesamt? Also auch an anderen Standorten, falls vorhanden. Einen bis 500, 501 bis 1000 und so weiter.« Nebenbei tippte Joshua laut auf der Tastatur seines Laptops.

Sophie überlegte einen Moment, bevor sie antwortete. »Hm, wir sind unter 500.«

Wieder tippte Josh auf die Tasten. »Bei der Versicherung …«

»Woher wissen Sie das?«, unterbrach sie ihn sofort.

Schweiß brach ihm aus. Verdammt, ja, woher wusste er das? Gekünstelt lachte er, während ihn die wütende Stimme innerlich mit »Trottel, Trottel, Trottel!« beschimpfte.

»Das war nur geraten.« Mit der nächsten Frage, wollte er sie ablenken. »Treten bei Ihnen im Büro Unfälle auf?« Er schloss die Augen. Ihm war klar wie bescheuert seine Fragen wirkten.

Sophie zögerte wieder einen Moment. »Nein, eigentlich passieren hier keine Unfälle.«

»Und uneigentlich?« In Gedanken äffte er Tom nach.

Jetzt lachte sie. Joshuas Nackenhaare stellten sich auf. Ihr Lachen klang sehr schön. »Es gibt kein uneigentlich. Hier passieren wirklich keine Unfälle.«

»Wann waren Sie das letzte Mal im Krankenhaus?« Unbekümmert klingend, stellte er die Frage. Innerlich fuhr sein Magen Achterbahn.

Sophies Lachen verstummte. Es entstand eine lange Pause.

»Hallo? Sind Sie noch dran?«, fragte Jo.

»Ähm, ja, ich war schon lange nicht mehr im Krankenhaus.«

Sie log. Das spürte Joshua sofort. »Also sind Sie sehr gesund?« Er versuchte, freundlich zu klingen.

»Meine Krankenakte geht Sie nun wirklich nichts an. So, ich muss langsam Schluss machen.«

Und wie ihn das was anging. »Gut, wir können das abkürzen. Ich brauche nur noch ein paar Angaben für die Statistik: Sie sind weiblich? Ja, klar, äh, verraten Sie mir Ihr Geburtsjahr?«

»1988.« Jetzt war ihr Ton sehr kühl.

»Wie viele Personen leben in Ihrem Haushalt?«

»Nur ich. Also, eine«

Josh tippte wieder auf seinem Laptop. »So, das war es schon. Ich wünsche noch einen schönen Tag und danke für Ihre Zeit. Tschüss.«

»Ja, bitte. Ciao.«

Joshua legte auf. ›Gott, war das schlecht.‹ Sein T-Shirt klebte am Oberkörper. Er war total verschwitzt. ›Puh, das ist nervenaufreibend gewesen.‹

Jetzt hatte er aber ihre Stimme gehört. Vor seinem geistigen Auge erschien Schneewittchen. ›Sie muss einfach schön sein.‹

Jo verließ die Küche und klopfte an Nicks Tür.

»Ja?«, hörte er seinen Bandkollegen sagen.

Nachdem Jo das Zimmer betrat, schloss er die Tür und setzte sich neben Nick auf die Couch. »Ey, die Nummer stimmt.«

»Und?« Mit großen Augen schaute Nicklas ihn an.

»Ich hab mich total zum Depp gemacht. Das war echt gerade das schrägste Telefonat meines Lebens.« Jos Wangen glühten.

»Und?«, wiederholte Nick ungeduldig.

»Ach, … sie hat eine tolle Stimme.« Träumerisch legte Josh die Hände hinter seinem Kopf.

»Ich habe das Gefühl, du findest sie insgesamt toll! Was habt ihr besprochen? Trefft ihr euch? Ist sie jetzt endlich ausgeflippt?«

»Nein, ich weiß nur, dass sie zwanzig ist, bei der Versicherung arbeitet und alleine lebt.«

Irritiert schüttelte Nick den Kopf. »Was sind das denn für Infos?«

»Das sind nun mal Infos, die mal herausbekommt, wenn man als Mathias Berg eine Telefonumfrage macht«, erklärte Joshua verlegen.

»Bitte, wer? Du hast ihr nicht gesagt, wer du bist? Warum das denn?«

»Egal. Wichtig ist: Was mache ich jetzt? Ich glaube, sie hat wirklich eine schlimme Krankheit.«

»Ja? Wie kommst du darauf?«, hinterfragte Nick.

»Ich hab sie nach ihrem Gesundheitszustand gefragt, … und da hat sie gelogen! Da bin ich mir ganz sicher.« Jo bestätigte sich selbst durch eifriges Nicken.

Nicklas fasste zusammen. »Hm. Also kann man festhalten: Sie hat dir ihre Nummer geschickt, sie ist Nadia, und sie hat diesen Tumor. Ist der Fall jetzt erledigt?« Mit hochgezogenen Augenbrauen musterte er seinen Kumpel.

Joshua lehnte sich zurück und schüttelte den Kopf. »Keine Ahnung, Mann! Ihre Stimme ist so schön. Ihr Lachen ist so schön. Ihre E-Mails sind so schön. Es ist doch furchtbar, wenn sie krank ist.«

»Ja, aber jetzt können wir davon ausgehen, dass sie in der Geschichte von sich selbst geschrieben hat.

Also scheint sie sehr verknallt in dich zu sein. Ist das jetzt nicht doch irgendwie gruselig?«

»Du glaubst, sie liebt mich?«, fragte Josh ein wenig verträumt.

Eine Zeit lang erwiderte Nicklas nichts. Er betrachtete Jo und sah ein Funkeln in dessen Augen, welches er sofort verstand. In seinem Innern stritten Freund und Bandkollege heftig miteinander. Der eine wollte helfen, der andere warnen. Der Freund gewann die Oberhand. »Triff dich mit ihr! Ich glaube, ihr solltet dringend miteinander reden!«

Josh legte sofort die Stirn in Falten. »Nee, das geht nicht! Die anderen würden das nicht gut finden.«

Nicklas war positiv überrascht, dass Jo zuerst an die Band dachte. ›Aber sollte unser Leben nicht trotzdem Priorität haben?‹

»Lass uns mit allen reden. Mit den Jungs, mit unserem Coach und auch mit Mark«, seufzte Nick. »Stell dir vor, sie ist die Eine!« Er zwinkerte. »Wir können doch nicht riskieren, dass dir die Frau deines Lebens durch die Lappen geht!«

Josh grinste verlegen. ›Die Eine! Gibt es das wirklich?‹

»Ich habe eine Idee«, sagte Jo. »Sie kommt auf unser Konzert in Darmstadt, im November. Das hat sie mir vor einiger Zeit erzählt. Ich sag ihr einfach, sie soll den Leuten am Eingang das Codewort ›Schneewittchen‹ nennen. Die sollen sie dann Backstage bringen. Meinst du, das lässt sich organisieren?«

»Natürlich können wir das organisieren. Du könntest ihr auch sagen, sie soll sich Schneewittchen auf die Stirn tätowieren, damit du sie im Publikum finden kannst. Oder dass sie ein Schild mitbringen soll, auf dem steht: Ich bin Schneewittchen – nimm mich Joshua! Hier und jetzt!« Nick machte ein ernstes Gesicht.

»Ja, das könnte ich tun«, antwortete Jo geistesabwesend, »ist aber nicht so spannend, oder? Außerdem bezweifele ich, dass sie soviel Text auf ein Plakat bekommt.« Schelmisch grinste er und ignorierte Nicks Ironie.

»Oh, Mann, du kannst ihr jederzeit einen Backstage-Pass schicken, bis November ist noch Zeit! Rede mit den anderen.«

»Ich denke darüber nach.«

Am Nachmittag trafen sich die Jungs im Proberaum. Am nächsten Abend stand ein Live-Auftritt an, und es gab noch Kleinigkeiten zu verbessern.

Der folgende Tag war stressig. Sie mussten früh aufstehen, proben und am Nachmittag zu einem kurzen TV-Interview. Josh überlegte, einen geeigneten Moment abzuwarten und die ganze Band mit seinem Gedanken, Sophie zu treffen, zu konfrontieren. ›Sie sind meine Freunde. Meine besten Freunde. Sie werden es verstehen!‹

Der Auftritt am Abend war der totale Wahnsinn! Die Fans waren super gut drauf und grölten alle Lieder mit. Sie hüpften und waren unermüdlich. Das Gefühl, da oben auf der Bühne stehen zu dürfen, war für die Jungs überwältigend!

Als Jo spät nachts unter der Dusche stand, malte er sich aus, wie es werden würde, Sophie zu treffen. Sie würde am Eingang das Codewort benutzen und unauffällig hinter die Bühne kommen. Er könnte ihr

»Hallo« sagen, und sie könnte das Konzert genießen. ›Und danach … rhrhrhr!‹, ihm lief ein wohliger Schauder über den Rücken, ›… könnten sie sich besser kennenlernen.‹

Als er eine Erektion bekam, drehte er das Wasser auf eiskalt …

Krach in der Band?

DIE ZEIT VERGING wie im Fluge. Im Verlauf der Tour wurde alles hektischer. Joshua hatte kaum Zeit, an Sophie zu denken. Der E-Mail-Verkehr ebbte weiter ab. Er kam nicht mehr regelmäßig dazu, seine Nachrichten zu lesen und zu beantworten. An vielen Abenden fielen die Jungs todmüde ins Bett. Sogar der Sonntag, an dem er für gewöhnlich Zeit für seine Post hatte, war nun mit vielen anderen Dingen vollgestopft. Freizeit wurde zum Fremdwort.

Sophie schien zu wissen, dass Josh nur wenig Zeit hatte. Sehr unregelmäßig bekam er Post von ihr.

Oft dachte er: ›Jetzt hat es sich erledigt.‹ Doch meistens bekam er am selben Tag ein Lebenszeichen. Es war aber nicht zu übersehen, dass ihre Mails kürzer und oberflächlicher wurden. Manche klangen, als wären sie an einen lästigen Brieffreund gerichtet. Pflichterfüllung. Ausschließlich drehte sich der Inhalt um das Wetter, Filme und Musik. Sophie berichtete, was sie zuletzt im Kino gesehen hatte, und er musste in der Regel passen. Aus Zeitmangel war er lange nicht mehr im Kino gewesen. Jo war sich sicher, dass sie jetzt einen Freund hatte. ›Wahrscheinlich der Typ von dem ›Saw‹-Videoabend. Bestimmt geht sie mit ihm ständig ins Kino.‹

Seine Euphorie für sie wurde schwächer. Es gab Tage, da kam ihm die Überzeugung näher, dass es besser wäre, wenn der Kontakt ganz abbräche und er sich wieder voll und ganz auf seine Karriere konzentrieren könne. Doch es gab auch die anderen Tage. Da bekam er eine schöne E-Mail von ihr, in der sie ihn mit einem kleinen Witz zum Lächeln brachte. Dann fühlte er sich alleine und sehnte sich danach, Sophie am Abend in den Arm zu nehmen.

Ohne wirklich zu wissen, wohin die Wochen gegangen waren, wurde es Oktober. Die Tour würde noch sechs Wochen laufen, und dann hätten sie es geschafft. Urlaub! Freizeit! Feiertage! Bisher hatte Joshua mit niemandem über ein Treffen mit Sophie gesprochen.

»Und, James Bond? Haste dir jetzt überlegt, wie du sie einlädst?«, erkundigte sich Nick eines Abends.

»Nein. Unser E-Mail-Verkehr ist fast zum Stillstand gekommen. Ich frage mich ernsthaft, wieso sollte ich jetzt unbedingt was daran ändern?« Jo versuchte, gleichgültig auszusehen.

Sie standen im Flur.

»Mensch Josh, mach mir doch nichts vor. Ich sehe dich jeden Tag. Ich erlebe deine Stimmungsschwankungen. Ich weiß genau, wann du von ihr Post bekommst. Das sind die Tage, an denen deine Augen strahlen. Und ich merke ebenfalls, wenn sie sich nicht meldet. Das sind nämlich die Zeiten, in denen du …«

In dem Moment kam Sven dazu. »Na Jungs, alles klar?«

Die beiden nickten. Das Gespräch kam zum Stillstand.

Sven schaute von einem zum anderen. »Hab ich euch gestört?«

Joshua gab keine Antwort.

Schließlich ergriff Nicklas das Wort. »Es geht um Sophie. Wir überlegen, ob wir sie Backstage einladen.«

Instinktiv wollte Joshua widersprechen. Er wollte sagen, dass das noch nicht entschieden wäre. Doch während er Luft holte, um zu protestieren, warf Nicklas ihm einen Blick zu. Die beiden waren lange genug befreundet, und Jo hatte keine Mühe, diesen Blick zu lesen. Nicklas signalisierte Josh, dass der Moment gekommen war. Worauf wollte er noch warten? Es war an der Zeit, die Karten auf den Tisch zu legen und endlich einen Schritt weiter zu gehen.

Sven reagierte abweisend. »Aha. Findet ihr nicht, dass sollten wir gemeinsam besprechen? Unser Freikartenkontingent ist begrenzt und der Familie und Freunden vorbehalten. Sie dienen ja eigentlich nicht dazu, sich Dates anzuchecken.« Leicht boshaft schaute er zu Joshua. Doch bevor Josh etwas erwidern konnte, legte Sven nach. »Also, ich finde, es wäre keine gute Idee, sie einzuladen. Oder hat sie dich danach gefragt?« Er betrachtete seinen Freund weiter missbilligend.

Jo schüttelte den Kopf und schaute zu Boden.

»Wahrscheinlich hat sie dir die ganze Zeit was vorgelogen«, sprach Sven weiter. »Du weißt doch gar nichts über sie. Wie ist euer E-Mail-Kontakt überhaupt entstanden? Das frage ich mich schon die ganze Zeit. Hast du mal ein Bild gesehen? Ist sie so ’ne heiße Braut, dass sich der ganze Terz ernsthaft lohnt?« Sven kam so richtig in Fahrt.

Wieder schüttelte Joshua mit gesenktem Blick den Kopf. Nein, er hatte bisher kein Bild von ihr gesehen. Und er wusste tatsächlich nicht viel von ihr.

»Warum schickt sie dir wohl keins? Alle schicken dir freiwillig Fotos. Sie nicht. Sie ist bestimmt hässlich wie Sau.«

Nick platzte der Kragen. »So ein Quatsch! Jetzt spinn nicht rum. Das hat nichts zu bedeuten. Wie oberflächlich bist du denn heute drauf? Ich versteh nicht, warum ihr Jungs bei dem Thema so rumzickt. Wir können alle immer noch tun und lassen, was wir wollen.«

»Wir müssen ans Wohlergehen der Band denken!«, warf Sven ein.

Nicklas machte eine abfällige Handbewegung. »Ja, ja … und? Tut Josh das nicht? Hat er irgendetwas getan, was uns in irgendeiner Form geschadet hat?«

Herausfordernd schaute er Sven an. Dieser hatte nichts darauf zu erwidern und zuckte die Schultern.

»Na also!«, fuhr Nick fort. »Joshua darf zu unseren Konzerten einladen, wen er will. Und er will es ja jetzt im Vorfeld mit uns allen absprechen. Wenn ihr Bedenken habt, dürft ihr die gerne äußern … aber euren vorpubertären Blödsinn könnt ihr für euch behalten.«

Als er immer lauter wurde, legte Josh ihm eine Hand auf den Arm.

Sven ließ das Thema nicht ruhen. »Sophie ist aber keine Freundin. Wenn ich noch auf dem Laufenden bin, hat Joshua sie bisher weder gesehen noch jemals mit ihr gesprochen. Und außerdem bin ich mir sicher, dass mit ihr was nicht stimmt. Solche ruhmgeilen Tussen …«

»Und selbst wenn …«, wollte Nick weiter verteidigen.

Doch jetzt schaltete Jo sich ein. Seine Hände hatte er zu Fäusten geballt. Ein leichtes Zittern beherrschte seinen Körper. Seine Zähne waren fest aufeinander gepresst. Josh sprach leise zischend. »Ich habe schon mal mit ihr gesprochen.« Seine Zähne schmerzten vom festen aufeinander beißen. »Sie ist keine ruhmgeile …«

»Du hast mit ihr gesprochen?« Sven war überrascht. Das hatte er nicht gewusst. In Gedanken las er schon die Schlagzeile in der ›Bravo‹. Vorwurfsvoll fragte er nach: »Gibst du deine Nummer jetzt an jede X-beliebige …«

»Halt den Mund!«, schrie Josh ihn an. »Du weißt gar nichts über sie. Was du erzählst, ist totaler Quatsch!«

Durch das Geschrei wurden nun auch die anderen aufmerksam. Neugierig versammelten sich alle im Flur.

Joshua hatte einen roten Kopf und sah aus, als würde er Sven jeden Moment eine reinhauen. Nick stand halb zwischen ihnen - gut einen Kopf kleiner als seine Kollegen.

»Was ist denn mit euch los?«, fragte Marco. Doch er bekam keine Antwort.

Sven verschränkte die Arme vor der Brust. Höhnisch sagte er: »Unser Romeo hier will seine Julia Backstage einladen. Nur hat er wohl vergessen, uns etwas davon mitzuteilen!«

»Echt?« Tom stellte sich neben Sven. Er war ebenfalls gegen Sophie eingestellt. »Machst du jetzt dein eigenes Ding, oder was?«

»Leute, das ist doch gar …« Nick war bemüht zu schlichten, bevor dieser Streit eskalierte.

Doch Tom ging im nächsten Augenblick einen Schritt zu weit. »Mensch, Alter, wieso kannst du nicht einfach mal wieder eine geile Braut flachlegen und dieses Mauerblümchen aus dem Internet vergessen? Ich glaube echt, du leidest unter Samenstau, und anscheinend wird davon dein Gehirn …«, weiter kam er nicht.

Bevor er den Satz zu Ende sprechen konnte, stürzte Joshua sich schreiend auf ihn. Da Nicklas halb zwischen den beiden stand, wurde er von der Wucht, die von Jo ausging, umgestoßen. Benommen torkelte er einen Schritt nach vorne und grapschte nach Joshuas Shirt. Er versuchte, ihn festzuhalten. Von dem Wutanfall erschreckt, duckte sich Sven und ging zwei Schritte rückwärts. Er stieß mit dem Rücken an die Wand und blieb dort mit offenem Mund stehen. Marco reagierte blitzschnell. Er zog Tom zur Seite, stellte sich vor ihn und fegte Joshuas blinde Fausthiebe gekonnt nach unten. Zehn Jahre Judo hatten seine Reaktionen enorm positiv beeinflusst.

Jos Vorwärtsbewegung wurde abrupt gestoppt, als Nick sein Shirt doch zu fassen bekam und erheblich daran zog. Josh gab einen gurgelnden Laut von sich, als ihm der Bund die Kehle zuschnürte. Doch er warf sich mit aller Kraft nach vorne und hatte Toms Gesicht im Visier. Kreischend riss der Stoff, und er kam einen guten Meter weiter. Marco stand noch immer schützend vor Tom.

»Arrgh, du Arsch …« Joshua kämpfte sich vorwärts.

Nicklas versuchte, Jo in den Schwitzkasten zu nehmen. Doch er bekam ihn nicht zu fassen. Mit hochrotem Kopf umklammerte er stattdessen die Hüfte und wurde langsam vorwärts mitgezerrt.

»Joshi, beruhige dich!« Marco redete ruhig auf seinen Freund ein. »Tom hat nur einen blöden Spruch gemacht.«

»Ich hau ihm aufs Maul!« Blind vor Wut stapfte Joshua weiter. Tom lief in die Küche und schloss hektisch die Tür hinter sich ab. Jo hörte das »Klick«, als sie von innen verriegelt wurde. Jetzt verließ Nicklas endgültig die Kraft. Er ließ Josh los, stützte sich mit den Händen auf den Oberschenkeln ab und keuchte. Nun schob sich Jo an Marco vorbei und trommelte mit den Fäusten gegen die Tür. »Mach auf, du feige Sau!«

Zu allem Überfluss klingelte es an der Tür. Marco zog die Augenbrauen hoch und schaute Nick an. Der zuckte die Schultern und schüttelte den Kopf. Ältester hin oder her, hier konnte ihnen nur die Super-Nanny weiterhelfen.

Sven löste sich als Erster aus seiner Starre und öffnete die Wohnungstür.

»Was ist denn hier los?« Fassungslos schaute ihr Manager den Flur entlang. Joshua trommelte im zerrissenen Shirt wie ein Wilder gegen die Küchentür und schrie. Nicklas stand schwer atmend mit hochrotem Kopf im Flur, und Marco blickte planlos hin und her.

»Joshua!«, donnerte Marks tiefe Stimme durch die Wohnung.

Alle zuckten zusammen. Einschließlich Jo. Mit kleinen Augen schaute er wie ein gehetztes Tier zu seinem Manager.

»Was ist hier los?« Mark betrat den Flur, schloss die Tür hinter sich und stemmte die Hände in die Hüften. Nicklas wurde dadurch an seine Oma erinnert und fing an zu kichern. Er gluckste leise und versuchte, es zu unterdrücken. Aber das Bild seiner lieben, alten Omi bildete sich deutlich vor seinem inneren Auge ab.

»Min Jung«, hatte sie immer gesagt, wenn er etwas angestellt hatte, und sie schüttelte mit betroffenem Gesicht den Kopf. Ihre Hände hatte sie wie Mark in die breiten Hüften gestemmt. Je mehr er es versuchte, das ganze herunterzuschlucken, umso mehr wollte es aus Nick heraus. Das ließ sich nicht zurückhalten. Er warf den Kopf zurück und lachte schallend. Es fiel ihm schwer einzuatmen, und sein Kopf wurde noch roter.

Marco grinste breit.

Sven schaute von Marco zu Nick und fing ebenfalls allmählich an zu lächeln. Marcos Schultern bebtem, als er sich Nicklas Lachanfall anschloss. Er hatte keine Ahnung, worüber sie eigentlich lachten - es steckte ihn einfach an. Höchstwahrscheinlich war das zuvor übermäßig ausgeschüttete Adrenalin dafür verantwortlich.

Joshua, der sich all dem amüsierten Übermut nicht anschließen konnte, fing wieder an, gegen die Tür zu trommeln. Mark stand mit drei Fragezeichen über seinem Kopf im Flur. Jetzt konnte auch Sven sich nicht mehr zurückhalten. Er stimmte wie ein Esel in das Gelächter seiner Freunde ein.

Nicklas wischte sich die Tränen aus den Augen.

Marco kniff die Beine zusammen. »Hört auf, ich mach mir … mach mir … ich mach mir gleich in die Hose!« Er hatte Mühe, den Satz auszusprechen.

Mark schüttelte ablehnend den Kopf und trat zu Joshua an die Tür.

»Was ist hier los? Kann mich mal bitte jemand aufklären?« Behutsam hielt er Jos Arme fest.

Mit wutverzerrtem Blick zischte Joshua: »Es ist gar nichts los!« Er drehte sich weg, walzte durch den Flur und ging in sein Zimmer. Laut knallte die Tür zu.

Mark blieb ratlos zurück und schüttelte den Kopf. ›Was haben die denn eingenommen?‹

Mark wandte sich an die Tür. »Tom? Tom, bist du da drin?«

Nach einer kurzen Pause sagte dieser voller Vorsicht in der Stimme: »Jaaa?!«

»Tom, mach die Tür auf.«

Es folgte ein leises Klicken, und die Tür wurde einen Spalt breit geöffnet. Ängstlich spähte er in den Flur. Das Lachen der drei Jungs erstarb gleichzeitig, und sie schauten ihn an. Die plötzliche Stille war unheimlich. Tom fühlte sich unbehaglich. Alle gafften ihn an.

»Was denn?«, fragte er piepsig.

Nicklas war der Erste, der wieder anfing zu lachen. Marco schleppte sich mit letzter Kraft ins Bad. Sven wieherte.

»So Jungs. In die Küche! Und zwar alle!« Marks Ton verriet, dass seine Geduld bald zu Ende sein würde. »Joshua!«, brüllte er laut durch den Flur. »Du kommst sofort in die Küche!« Die Klospülung rauschte. »Du auch Marco! Ich will wissen, was in euch gefahren ist!«

Als alle am Tisch saßen, schwiegen sie einheitlich. Mark musterte jeden einzeln. Nicklas grinste noch immer. Marco und Sven hatten sich gefangen und saßen teilnahmslos am Tisch. Tom blickte ängstlich zu Joshua. Der wiederum glotzte motzig und gleichermaßen stur auf den Tisch. Mark bemerkte, dass seine Augen leicht gerötet waren. ›Hat Jo geweint?‹

Trotz mehrmaliger Aufforderung wollte keiner der Jungs erzählen, was passiert war. Mark seufzte. Er würde noch dahinter kommen. Er besprach mit ihnen einige wichtige Details der kommenden Tage und wollte gehen. Er hatte gelernt, dass Drängen zu keinem Ergebnis führte.

»Hm, hast du noch einen kurzen Moment?« Josh blickte endlich auf und sah ihm direkt in die Augen.

»Klar.« Mark setzte sich wieder hin.

Nicklas nickte Jo aufmunternd zu. Josh nutzte nun doch diese Gelegenheit und erzählte seinem Manager von Sophie. Er erzählte von dem netten E-Mail-Kontakt, der sich ergeben hatte und wie lange er bereits stattfand. Er gab sogar zu, dass der Kontakt meist von ihm ausging und er das Mädchen gerne treffen würde. Die anderen Jungs hörten zu und unterbrachen ihn nicht. Von der ursprünglichen E-Mail, mit der alles seinen Anfang nahm, erzählte Jo allerdings nicht.

Mark zeigte viel Verständnis. Abschließend sagte er: »Wenn Sophie dir signalisiert, dass sie gerne Backstage kommen möchte, dann habe ich nichts dagegen, wenn du ihr einen Pass organisierst.« Väterlich legte er Josh einen Arm um die Schultern. »Wenn sie nicht fragt, und du vermutest, dass sie in einer Beziehung ist, dann tu dir und ihr einen Gefallen, und lass die Sache auf sich beruhen.«

Der Manager verabschiedete sich, und die Jungs bereiteten ihr Abendessen vor. Die Stimmung blieb schlecht.

Tom ließ es sich nicht nehmen, Jo vor dem zu Bett gehen erneut zu ermahnen: »Vielleicht ist das alles Quatsch, was ich gesagt habe, … aber vielleicht auch nicht! Denk noch mal über die Sache nach! Ich bleibe weiterhin dagegen, sie einzuladen.«

Als Jo etwas darauf erwidern wollte, blickte Tom ihn giftig an und ging auf sein Zimmer.

Seufzend und mit schwerem Herzen ging Joshua an diesem Abend schlafen.

Endlich ein Foto?

JOSH SASS AN SEINEM Laptop und starrte auf den Bildschirm. In zwei Tagen würde das Konzert in Darmstadt stattfinden. Sophie hatte sich nicht mehr gemeldet. ›Soll ich ihr schreiben? Ich könnte ihr die Karten anbieten, und wenn sie sie annimmt, könnte ich so tun …‹

Nein. Er wollte niemanden belügen. Mark hatte ihm einen Rat gegeben. Den fand Jo gut. Frustriert schob er den Gedanken an Sophie bei Seite und verfasste einen neuen Newsletter.

Im Namen der Band gab Joshua bekannt, dass es um Weihnachten herum still werden würde. Alle Bandmitglieder hatten vor, zu ihren Familien zu fahren und dort in Ruhe den Jahreswechsel zu erleben. Er aktualisierte die kleine News-Box auf der Homepage und lud neue Fotos hoch. Die Bilder zeigten die Band hinter den Kulissen. Einige private Aufnahmen waren brandneu. Auf den neuen Bildern war zu sehen, dass Jo sich die Haare kurz rasiert hatte. Im Anschluss rief er seine Eltern an, da ihm der familiäre Kontakt noch immer wichtig war.

Eine halbe Stunde später saß er wieder am PC. In der kurzen Zeit gingen 87 neue Elemente im Posteingang ein. Es gab auch eine neue Nachricht von Sophie. ›Yes!‹

Ungeduldig kämpfte Josh sich durch die Flut der E-Mails fremder Fans. Alle beteuerten, ihn genauso toll zu finden wie vorher. Manche fanden ihn mit der neuen Frisur noch süßer, hübscher, attraktiver. Eine Karina fand die kurzen Haare »fantastulös«. Einige fanden, es mache ihn älter und andere empfanden ihn jünger. Als letzte Mail las er Sophies. Das Beste sollte man sich ja bekanntlich bis zum Schluss aufheben.

Sie gab überraschenderweise kein konkretes Statement ab.

`Hab gesehen du hast die Haare ab. Wette verloren?? LG Sophie`

Wie immer lächelte er, als er ihre E-Mail las. Wette verloren? Sie war die Einzige, die seine neue Frisur auf diese Art kommentierte. Er hatte sich nicht viel dabei gedacht. Er wollte einfach etwas anderes. Aber wegen einer Wette? ›Witziger Einfall.‹

`Nee, keine Wette verloren ... hahaha – aber lustiger Gedanke! Beste Grüße Joshua`

Gebannt saß er vor dem Monitor und hoffte, dass sie ebenfalls online war und ihm antwortete. Schon wenige Minuten später, kam tatsächlich ihre Nachricht.

`Mir ist aufgefallen, du weißt ja gar nicht wie ich aussehe. Schick dir jetzt mal ein Foto von mir!`

Mit klopfendem Herzen las er diese zwei Sätze. Er sah die kleine Büroklammer, die darauf hinwies, dass es einen Anhang gab. Er musste jetzt nur darauf klicken. Seine rechte Hand vibrierte leicht vor Aufregung. ›Albern, sich so aufzuführen.‹

Er schloss die Augen. Jo wollte sie erst wieder öffnen, wenn das Bild vollständig aufgebaut war. So, Doppelklick! Er zählte: »… drei, … vier, … fünf!«

Er machte die Augen auf. Auf dem Bildschirm war ein leuchtendes, helles und sehr schönes Foto von … Schneewittchen. Sie hatte ihm ein Comicbild geschickt. Grinsend schüttelte er den Kopf und schrieb ihr zurück.

`Ja, wie soll ich sagen, so in etwa hatte ich dich mir vorgestellt!`

Ihre Antwort kam noch schneller als die davor.

`Das war natürlich alles nur ein kleiner Spaß. Hier ein richtiges Bild von mir!`

Grinsend holte er Luft und schloss wieder die Augen. »… vier, … fünf!«

Diesmal entfuhr ihm beim Anblick des Fotos ein erstickter Schrei. Beinahe wäre er rückwärts vom Stuhl gefallen. Das Grauen, welches seine Augen fast erblinden ließ, konnte er nur schwer beschreiben. Zu sehen war eine Frau, mit guten 120 Kilo Übergewicht, die sich in einer Küche befand. Sie saß an einem Tisch, der von Müll und dreckigem Geschirr übersäht war. Sie hatte einen Ellenbogen aufgestützt und eine Zigarette in der Hand. Der Hintergrund des Raumes zeigte eine Küchenzeile mit Herd und Spüle. Die Frau hatte einen kräftigen Damenschnurrbart und einen fettigen dunklen Pferdeschwanz. ›Das muss ein Scherz sein?!‹

Angewidert schloss er dieses Bild und fragte sich, ob Sophie zwei Scherze hintereinander machen würde. Das konnte unmöglich sein Schneewittchen sein. Er war unfähig, darauf zu antworten. Was sollte er sagen? Die Minuten verstrichen. Gerade als er sich ausloggen wollte, kam noch eine Mail von ihr.

`Na, bist du etwa tot vom Stuhl gefallen? Fandest du wohl nicht so witzig … na ja, ich sehe dich dann übermorgen!! ;-)`

›Puuuuh! Also doch nur eine weitere Verarsche.‹

Ja, sie würde ihn sehen. Doch nach einem Backstage-Pass hatte sie ihn nicht gefragt. Die Tatsache stimmte ihn traurig.

Bevor er den PC herunterfuhr, kam ihm die Idee, das Bild des Grauens an Tom weiterzuleiten.

Seine Laune besserte sich dadurch ein wenig.

Wo ist Schneewittchen?

AM ABEND des 26. Novembers war der Soundcheck gut gelaufen, und die Jungs warteten auf ihren Auftritt. Zurzeit heizte die Vorband ›Living your Life‹ den Leuten richtig ein. Josh grübelte fieberhaft. Er wusste: Sophie war im Publikum. ›Es muss doch eine Möglichkeit geben, sie zu treffen!‹

Doch bevor er etwas unternehmen konnte, ging es los: ›Dark Tower Alliance‹ wurde angekündigt. Die Lautstärke in der Halle explodierte. Die Mädels kreischten, was das Zeug hielt. Gänsehaut-Feeling bei den Jungs. Sie standen im Kreis und hatten sich die Arme um die Schultern gelegt. Wie ein Baseballteam bei einer Besprechung. Es war zu einem Ritual geworden.

Joshua betrat die Bühne als Erster. Sie lag noch völlig im Dunkeln. Man konnte nichts erkennen. Er setzte sich ans Schlagzeug und simulierte mit der Bass-Drum einen Herzschlag. Aufkreischen in der Halle.

Dann folgte Nicklas. Er nahm seinen Bass und stimmte in den Beat von Josh ein.

Anschließend kam Marco. Auf seiner Gitarre spielte er den ersten Akkord. Man hörte von überall her Rufe. »Maarrrcoo!« - »Niicckkiii!« - »Jooshuuaaa!«

Jetzt ging Tom raus. Ohne Probleme in den Takt zu finden, begann er, die Grundmelodie des Eröffnungssongs zu spielen.

Sven atmete tief durch, schnappte sich sein Mikro und stürmte auf die Bühne. Die Scheinwerfer gingen an und gleichzeitig legte er los.

Den Refrain sang der ganze Saal. Joshua spielte sich schier in einen Rausch. Er vergaß alles um sich herum. Jetzt war er in seinem Element! Routine erfasste ihn von Kopf bis Fuß. Es war ein Genuss, auf der Bühne zu sein und Schlagzeug zu spielen. Die Jungs hielten das Tempo hoch. Die Halle war gut gefüllt. Sie bebte im Takt der Musik. Die Fans tanzten, hüpften, sangen, schwitzten. Zwischendurch machte Sven erheiternde Sprüche und fotografierte seinerseits das Publikum.

Plötzlich ertönte von links ein Schrei: »Joo, ich will ein Kind von dir!«

Aus der Mitte kam: »Ich auch!«

Schelmisch grinste er in die Richtung, aus der die Rufe kamen. Fröhlich sagte er in sein eigenes Mikro: »Ladies, ich kann euch doch nicht alle gleichzeitig bespringen!« Viele kicherten.

Kurzes Verschnaufen. Einen Schluck Wasser trinken. Den Schweiß von der Stirn wischen. Das Licht wurde heruntergedimmt und Hocker auf die Bühne gestellt. Die Jungs präsentierten eine neue, sanfte Ballade. Joshua trommelte gefühlvoll auf einer extra neu gekauften Cajón. Die Show lief wie von selbst. Die Stimmung war der Knaller. Durchflutet von der Romantik des Songs hatte Joshua einen Geistesblitz. Als die Hocker von der Bühne geräumt wurden, ging er an Svens Mikro und stellte sich an den vorderen Bühnenrand.

»***Darmstadt***?«

»Jaaaa!«

»Ich kann euch nicht hören … ***D a r m s t a d t***?«

»Jaaaaaaa!!« Die Leute brüllten nach Leibeskräften.

»Okay, Leute, passt mal auf! Ein guter Freund von mir hat hier heute ein Blind-Date. Er bat mich, ihm zu helfen, seine Verabredung zu erkennen.«

Tom warf einen fragenden Blick zu Nick. Der zuckte mit den Schultern. Sven schaute verblüfft zu Marco. Kopfschütteln. War Joshua jetzt vollkommen durchgeknallt?

»Also, hört mir zu, Mädels. Irgendwo unter euch befindet sich eine Dame, die unter dem Decknamen ›Schneewittchen‹ agiert.« Kichern war zu hören.

»Jaaa, und der Freund von mir, also der Prinz sozusagen, möchte sein Schneewittchen gerne heute Abend an diesem Ausgang da hinten treffen.« Er zeigte auf eine Tür, die hinter der Absperrung lag. 200 Mädchen schauten hin.

»Schneewittchen soll nach dem Konzert hier vorne an der Absperrung warten, und ich, äh, also, wir lassen sie dann Backstage rein, wo ich … wo ihr Prinz auf sie wartet.«

Von überall war ein »Ooohhhh« oder »Uuiiiihh« zu hören. Tom warf Joshua einen bösen Blick zu, und der Tourmanager sprach aufgeregt in sein Headset.

›Die kriegen sich schon wieder ein‹, fuhr es Jo durch den Kopf.

Als er Blickkontakt mit Nicklas aufnahm, nickte dieser ihm grinsend zu und reckte einen Daumen nach oben.

»Okay, Leute, weiter geht's!« Sven übernahm wieder sein Mikro, und Joshua setzte sich an sein Schlagzeug.

»Unser nächster Song, den ihr alle kennt, ist sehr rasant! Es ist Zeit zu explodieren!«

Nach der Show ist vor der Show

»SPINNST DU jetzt total?« Tom war verärgert. Er schleuderte sein Handtuch auf die Couch in der Garderobe und funkelte Joshua wütend an. »Du kannst doch nicht gleich da raus spazieren und dich mit ihr treffen. Da stehen noch dutzende andere Mädels rum! Hast du dir mal überlegt, was in der Presse los ist, wenn die mitkriegen, dass du unsere Fans ancheckst? Und das während eines Konzertes?!«

»Krieg dich wieder ein!«, konterte Jo völlig ruhig. »Ich werde ja nicht sofort da rausstürmen und nach ihr suchen. Ich werde abwarten und gucken, dass die Neugierigen verschwinden. Und spiel dich nicht als Moralapostel auf. Darf ich dich an die Kleine in Berlin erinnern? Wo aus Versehen dein Hotelschlüssel in ihre Handtasche gefallen ist?!« Er unterstrich die Ironie, in dem er mit den Fingern virtuelle Gänsefüßchen in die Luft malte. Josh konnte sich ein Lächeln nicht verkneifen.

Da musste auch Tom lachen. »Du bist voll durch, Alter!« Kopfschüttelnd ließ er sich auf die Couch fallen.

Jo tigerte nervös in der Garderobe auf und ab und trank Wasser. Die Minuten krochen dahin. Draußen in der Halle warteten viele Mädchen auf eine Chance, die Jungs zu treffen. Jo linste immer wieder hinein. An der Stelle, die er vorhin benannt hatte, standen 50 Mädchen. Doch sein Gefühl sagte ihm, dass Sophie nicht dabei war. ›Hm, vielleicht hat sie meine Botschaft nicht kapiert?‹

Tom beobachtete seinen Freund. »Josh?«

Der drehte sich um. »Ja?«

Tom stand auf und ging zu ihm. »Es tut mir leid, dass wir uns letztens gestritten haben.« Aufrichtig blickte er seinem Bandkollegen in die Augen. »Dieses Mädchen scheint dir wirklich etwas zu bedeuten. Ich wollte sie nicht …«

»Schon gut!« Joshua lächelte. »Hab's schon vergessen!«

Freundschaftlich nahm Tom Jo kurz in den Arm und klopfte ihm auf den Rücken. »Tja, Romeo, hoffen wir mal, dass du deine Julia heute kriegst!«

Josh schaute regelmäßig vorsichtig in die Halle. Die Zahl der Mädchen verringerte sich. Marco und Nicklas ließen sich von Jos Nervosität anstecken. Ständig fragten sie ihn: »Und? Ist sie da?«

Doch Joshua schüttelte jedes Mal den Kopf. Von Minute zu Minute breitete sich Enttäuschung in ihm aus. Kein Schneewittchen. Zumindest sah es nicht danach aus. Eine halbe Stunde später. Vor der Tür standen noch vier Frauen. Alle blond! ›Sophie hat braune Haare. Verdammt!‹

»Komm, wir fahren jetzt!« Nick legte ihm die Hand auf die Schulter. »Du solltest dich das nächste Mal ganz eindeutig mit ihr verabreden.« Josh nickte und sie gingen zum Tourbus. Als sie eingestiegen waren, fragte er seinen Freund: »Warum denkst du, ist sie nicht gekommen?«

»Boah, das kann viele Gründe haben …« Nick gähnte herzhaft.

»Die da wären?« Jo schaute ihn mit großen Augen an. So etwas war ihm noch nie passiert. Normal rissen sich die Weiber um ihn. Er empfand eine Mischung aus verletztem Stolz und Traurigkeit.

Nick versuchte, ihn aufzubauen. »Na ja, also, erst mal kann es sein, dass sie deine Botschaft nicht verstanden hat. Sie dachte vielleicht, du meinst ein anderes Schneewittchen und einen anderen Prinzen. Oder sie war eine von denen an der Tür. Du weißt nicht, wie sie aussieht. Vielleicht hat sie gelogen mit den braunen Haaren und wollte dir jetzt sagen, dass sie blond ist. Oder sie hat gelogen in Bezug auf alles Mögliche und ist gerade deshalb nicht gekommen. Oder sie war zusammen mit Freundinnen oder ihrem Freund hier, die alle direkt nach dem Konzert nach Hause gefahren sind. Oder sie hat sich nicht getraut. Oder, oder, oder! Du siehst, es gibt tausend Möglichkeiten.« Müde lehnte er sich zurück und schloss die Augen.

»Oder sie hat kein Interesse an mir«, murmelte Josh niedergeschlagen.

»Quatsch!« Nick öffnete wieder die Augen. »Wenn es umgekehrt gewesen wäre, hättest du dich getraut, dich da hinzustellen – an diese blöde Tür?«

Nicklas hatte recht. Joshua traf eine Entscheidung. ›Ich werde ihr schreiben, dass ich mich mit ihr treffen will. Vielleicht ist sie die Frau meines Lebens.‹ Er erinnerte sich daran, wie Nick das vor einiger Zeit zu ihm gesagt hatte.

›Nein, nicht mehr warten! Ich werde sie gleich noch vom Hotel aus anrufen!‹

Der Anruf

ES WAR GENAU 1.05 Uhr. Das Konzert lag knapp eineinhalb Stunden zurück. Jo saß im Hotelzimmer auf dem Bett und wählte ihre Nummer. ›Entweder ist ihr Telefon noch eingeschaltet oder nicht.‹

Es klingelte.

›Na immerhin.‹

Nach dem zweiten Klingeln vernahm er ein verwundertes: »Ja, hallo?«

»Sophie?« Sein Mund war ganz trocken.

»Ja?«

»Hi.« Mehr brachte Josh erst mal nicht heraus.

»Hi?«

»Ich … ähm … wie geht's dir?« Behutsam sank er auf sein Bett.

»Gut, danke. Sorry, aber wer ist denn da?« Ihre Stimme klang sanft.

»Ich bin es. Joshua!« Sein Herz klopfte.

Stille.

»Joshua.« Wiederholte sie eintönig. Entweder schaltete sie nicht, welcher Joshua sich in der Leitung befand oder glaubte ihm nicht. Noch bevor er etwas fragen konnte, sagte sie: »Es ist schon ziemlich spät!«

Ihm lag eine Entschuldigung auf den Lippen. Doch heraus kamen andere Worte. »Du bist heute nach dem Konzert nicht geblieben.«

Sie schwieg. Er wurde nervös. Seine Hände waren eiskalt. Jo wechselte sein Handy ans andere Ohr. Angestrengt lauschte er. Ihre Atmung war gleichmäßig. Sie war entweder sehr skeptisch oder total sprachlos.

»Ich, ja, ich war mit Freundinnen da, und die wollten direkt nach dem Konzert nach Hause«, brachte sie endlich hervor. »Ich konnte ihnen nicht sagen, dass ich das Schneewittchen bin, auf das gewartet wird. Hätte ich das getan, hätten sie mir tausend Fraugen gestellt, und dann hätten sie wissen wollen, wer mein Blind-Date ist. Noch schlechter hätte ich sagen können, dass du auf mich wartest. Es tut mir leid.«

Jo grinste. ›Das Wort ›Hätte‹ liebt sie scheinbar.‹

»Hätte-hätte liegt im Bette und ist krank«, neckte er sie.

Sophie kicherte leise. Josh dachte über das nach, was sie gesagt hatte. »Hast du denen nie von uns erzählt?« Er klang enttäuscht.

Jetzt musste Sophie lachen »Von ***uns***? Was soll ich denn von ***uns*** erzählen? Dass wir uns geschrieben haben? Du schreibst sicher vielen Menschen. Würde ich ***dem*** Haufen irgendetwas dieser Art erzählen, hätten sie da eine riesen Sache daraus gemacht. Morgen hätte mit Sicherheit alles über eine heiße Affäre in einem der Boulevardblätter gestanden.« Sie lachte erneut. »Das ist ja wohl nicht in deinem Sinne.«

»Und sicher auch nicht im Sinne deines Freundes, oder?!« Jo klang gereizter als beabsichtig.

Sophie schwieg.

»Tut mir leid, Sophie.« Auf einmal kam er sich total blöd vor. Er hatte sich von Monat zu Monat immer mehr auf ihre E-Mails gefreut. Fand den unbeschwerten Kontakt schön. Die Natürlichkeit, die zwischen ihnen herrschte. Sophie hatte ihn nicht wie jemand Besonderen behandelt. Sie war bemüht gewesen, Joshua als Menschen kennenzulernen, nicht den berühmten Schlagzeuger.

Jetzt merkte Jo, dass Nicklas recht behielt. Er hatte sich verliebt! In ein Phantommädchen, dem er E-Mails sendete. Was hatte er sich erhofft? Dass sie sich auch in ihn verliebte?

»Josh? Bist du noch da?«

»Ja.« Er atmete niedergeschlagen aus.

»Sorry noch mal, dass ich dich versetzt hab!« Sie klang aufrichtig. »Ich wollte nicht …«

»Nee, ach Quatsch, ist okay. Du brauchst dich nicht entschuldigen. Anscheinend hast du mir einen großen Gefallen getan. Unser Manager wäre mit Sicherheit ausgerastet, wenn er morgen in der Klatschpresse solche News gelesen hätte.« Tonlos lachte er. »Wie hat dir unser Konzert gefallen?«

»Es war super! Echt! Ich mag eure neuen Lieder total gerne. Vor allem das eine, wobei du auf der kleinen Trommel spielst. Das war echt ***mega*** schön!« Sophie plapperte aufgeregt.

Josh bemerkte ihre Begeisterung. War ihre beherrschte Art ein falscher Eindruck? War sie aufgeregter, als er dachte?

Josh lächelte. »Schön, das freut mich. Das heißt, du würdest wieder auf ein Konzert kommen?« Er kannte die Antwort auf diese Frage.

»Auf jeden Fall.« Diesen Satz hauchte sie fast.

›Ich habe mehr Wirkung auf sie, als ich dachte!‹ Selbstbewusstsein belebte ihn neu. Er richtete sich gerade auf und sprach mit seiner lässigen Aufreißerstimme weiter. »Das bedeutet mir sehr viel, dass du das sagst! Echt schade, dass wir uns heute nicht mehr sehen können.« Josh hielt inne. Nein, er wollte nicht in alte Muster zurückfallen. Sophie war ihm zu wichtig. Er räusperte sich. Er würde nicht versuchen, sie mit seinen schmierigen Sprüchen einzulullen. ›Ich muss ihre Entscheidung akzeptieren! Sie ist nicht geblieben und hat unseren Kontakt nicht auf dieselbe Art und Weise empfunden wie ich.‹

Abrupt wollte er das Gespräch beenden. »Sorry, dass ich dich noch so spät gestört habe! Ich wünsch dir eine gute Nacht, Sophie.«

»Joshua?« Sie klang irritiert.

»Ja?«

»Warum hast du mich angerufen?«

›Boah, was ist das jetzt für eine tückische Frage?‹ Sein Herz klopfte wieder schneller. »Ich … äh … ich weiß es nicht genau! Ich schätze, ich wollte wissen, warum du nicht geblieben bist.« Sein Magen fing an zu kribbeln.

Sophie gab nicht auf. »Hm, die Sache verstehe ich auch nicht. Warum wolltest du, dass ich mich heute mit dir treffe?«

›Mann, jetzt bohrt sie aber!‹ Er suchte nach einer guten Ausrede. Er durfte ihr auf keinen Fall offenbaren, wie wichtig sie ihm war. Aber irgendwie wollte ihm das gerade jetzt nicht recht gelingen. »Weil du morgens mein erster und abends mein letzter Gedanke bist. Ich denke an dich, während ich an einem Song schreibe oder in einem Interview sitze. Wenn wir uns mailen, stelle ich mir vor, wo du dich gerade aufhältst. Ich sehne mich danach, ein echtes Gespräch mit dir zu führen. Ich wünsche mir, dich in den Arm zu nehmen.« Er schluckte laut. »Ich möchte dich berühren, spüren wie du dich anfühlst. Ich möchte an deinen Haaren riechen.« Verlegen lachte er trocken. »Ganz schön blöde, oder?!«

Die Worte waren wie eine Flut aus ihm herausgebrochen. Hatten den Staudamm der Schüchternheit überrollt. Einmal angefangen konnte es nicht gestoppt werden.

Sie schwieg.

›Keine Antwort ist auch ’ne Antwort‹, ging es ihm durch den Kopf. Und doch fühlte er sich erleichtert. Seitdem er seine Gefühle ausgesprochen hatte, war eine Last von seinem Herzen gefallen.

»Bleibt ihr bis morgen in Darmstadt?«, fragte sie schließlich.

»Ja.«

»Können wir uns morgen in Frankfurt treffen?« Ihre ausdruckslose Stimme verriet ihm nichts über ihre Gefühle.

»Ja, gerne«, antwortete er glücklich.

Die beiden machten einen Treffpunkt aus. »Morgen um vier. Am Main. Auf der Brücke Eiserner Steg. Okay! Aber Sophie, wie erkenne ich dich?«

Sie lachte. »Ich schreib mir meinen Namen auf die Stirn. Nein, du wirst mich schon erkennen. Und falls nicht: Ich kenne ja dich. Jetzt schlafen Sie gut, Mathias Berg.«

Klick. Das Gespräch war beendet.

Joshua saß noch eine Minute mit offenem Mund da.

Der Eiserne Steg

SCHON BEIM FRÜHSTÜCK wurde ihm nach den ersten Bissen richtig übel. Jo dachte, er hätte sich eine Magen-Darm-Grippe eingefangen, aber Nicklas erklärte ihm, das käme von der Aufregung.

Wann war er das letzte Mal so verliebt gewesen? War er das überhaupt jemals? Das flaue Gefühl waren Schmetterlinge im Bauch! Wieso die Leute dies allerdings schön fanden, konnte er nicht nachvollziehen. ›Was ist daran toll, wenn einem zum Kotzen zumute ist?‹

Am Morgen ergab sich unerfreulicherweise eine Diskussion mit dem Manager. Dieser hatte ein wichtiges Interview mit einem Radiosender vereinbart. Leider genau zu der Zeit, als Joshua mit Sophie verabredet war. Natürlich wollte Mark, dass Jo das Treffen absagte und mit dem Rest der Band zum Interview erschien. Josh versuchte zu erklären, warum, wieso und weshalb er sich unbedingt jetzt mit dieser Frau treffen musste.

Anfangs blieb Mark uneinsichtig. Glücklicherweise mischte Nicklas sich in das Gespräch ein und unterstützte Joshua. »Wenn sie dir tatsächlich so wichtig ist, Junge, dann will ich euch nicht im Wege stehen. Aber heute Abend wirst du pünktlich im Bus sitzen! Nicht, dass du noch mit ihr durchbrennst.«

»Ja, Mama!«, hatte Josh geantwortet, und Nicklas musste lachen.

Überglücklich war der Schlagzeuger auf sein Zimmer gestürmt. Er duschte ausgiebig und zog sich an. Zum ersten Mal dachte er sogar einige Sekunden darüber nach, ob er lieber ein Hemd oder einen Pullover anziehen sollte. Als er realisierte, was ihm da gerade durch den Kopf ging, musste er über sich selbst lachen.

Als Joshuas am Nachmittag um Viertel vor vier am Main entlang lief, war er aufgeregt. Er spürte sein Herz kräftig schlagen. Und es zeigte sich zudem wieder dieses flaue Gefühl im Magen.

Jo erkannte den Eisernen Steg schon aus der Ferne. Gemütlich schlenderte er weiter und näherte sich dem Treffpunkt. Eine Menge Leute trotzten verpackt in dicken Mänteln dem kalten Wetter. Mit Handschuhen und Schals wehrten sie sich gegen die Witterung.

Er trug ebenfalls eine dicke Jacke und hatte sich die Kapuze über den Kopf gezogen. Keiner erkannte ihn. Allerdings war das sowieso eher die Ausnahme.

Sophie zu entdecken war leicht. Sie war die Einzige, die alleine am Geländer stand und sich aufmerksam umschaute. Josh blieb stehen und beobachtete sie für einen Moment. Sie drehte sich genau in seine Richtung. Blickkontakt. Sophie lächelte sofort. Glücklich ging Jo auf sie zu. Beim Näherkommen sah er, dass sie ein Stück Krepppapier auf der Stirn kleben hatte. Darauf war mit feiner Handschrift ein Wort geschrieben: Schneewittchen.

»Hi«, sagte sie keck.

»Hallo.« Jo musste sich Mühe geben, sie nicht sofort fest in den Arm zu nehmen, um sie nie mehr loszulassen. Er schaute ihr in die Augen und versank darin. Sie waren rehbraun. Ihre langen Wimpern verliehen Sophie einen atemberaubenden Augenaufschlag. Sie trug braune feste Stiefel, Jeans, einen hellen Wintermantel … und leicht plüschige weiße Ohrenschützer. ›Solche Dinger hab ich ja schon ewig nicht mehr gesehen.‹

Passend dazu hatte sie einen weißen Schal umgelegt und feine Handschuhe übergestreift. ›Sophie ist bildschön!‹

Josh gab ihr einen sanften Kuss auf jede Wange und zog ihr das Stück Krepp von der Stirn.

»Das brauchen wir jetzt nicht mehr.« Er bot ihr den Arm an, und Sophie hakte sich unter.

Sie gingen am Main spazieren und redeten über alles Mögliche. Josh bemerkte eine leichte Rötung in Sophies Gesicht und fragte sich, ob dies von der Kälte oder der Aufregung herrührte. Sie plapperte fröhlich ohne Punkt und Komma. Gebannt lauschte er ihren Erzählungen. Er selbst kam fast gar nicht zu Wort.

»Entschuldige, bitte, ich kau dir ja wirklich gerade ein Ohr ab!« Verlegen schaute sie zu ihm auf.

»Schon okay. Es ist sehr interessant, was du erzählst. Und du hast eine sehr angenehme Stimme. Der hört man wirklich gerne zu.« Joshua konnte nicht aufhören, sie anzulächeln.

»Danke«, murmelte sie, ohne ihn anzuschauen. »Wenn ich aufgeregt bin, rede ich immer sehr viel.«

Sie setzten ihren Spaziergang auf der Sachsenhäuser Uferseite fort.

Da Sophie ebenso ein Filmfreak war wie Josh, bot dies reichlich Gesprächsstoff. Er genoss die Zeit mit ihr. Josh fühlte sich wohl. Zwischen ihnen herrschte eine natürliche Vertrautheit. ›Das Leben kann so schön sein, wenn man es nur lässt.‹

Doch als es immer dunkler wurde und die Stadt in ihrem eigenen Licht erstrahlte, nagte die Ungewissheit heftig an ihm. Er musste endlich herausfinden, was es mit der Geschichte auf sich hatte.

Auf dem Rückweg zur Innenstadt blieb Josh mitten auf der Fußgängerbrücke stehen. Er hielt Sophie am Arm fest, und sie drehte sich zu ihm herum.

»Sophie, ich muss dich das jetzt einfach fragen …« Josh rang nach den richtigen Worten. Das war schwerer, als er gedacht hatte. So oft schon hatte er sich diesen Moment vorgestellt. Wie er sie nach der Story in der ersten Mail fragte und sie lachend den Kopf schüttelte und ihm sagte, sie sei völlig gesund.

»Deine Geschichte, also, die du mir mal Anfang des Jahres geschickt hast …«

Sie blickte zu Boden. Natürlich wusste sie, worauf er hinauswollte.

Behutsam legte er ihr einen Finger unters Kinn und hob ihren Kopf sanft an. Sie blickte ihm wieder in die Augen.

»Bist du Nadia?« Er stellte die Frage, die ihn fast zehn Monate lang beschäftigt hatte mit rasendem Puls.

Sophie schwieg einen langen Moment, bis sie schließlich stammelte: »Sie … ich …« Doch bevor sie weiter sprach, wandte sie sich von Jo ab. »Wir sind uns sehr ähnlich«, sagte sie

»Ist die Geschichte wahr?«, fragte Josh weiter.

Sie lachte. »Ähm, ist dir aufgefallen, dass ***du*** in der Geschichte vorkommst?«

Er rollte mit den Augen. »Du weißt, was ich meine.«

›Wieso schaffe ich es nicht, direkt nach dem Tumor zu fragen?‹

Sophie lief langsam weiter. Hm, so kam er nicht an sie ran. Andere Taktik. »Warum hast du in einer E-Mail geschrieben, dass wir eh nicht zusammen sein könnten?« Josh wollte sie nicht bedrängen. Er sprach sanft und vorsichtig.

Diesmal bekam er eine Antwort. »Na ja, wie soll das denn bitte funktionieren? Ich möchte nicht zum Hassobjekt der Teenies werden. Ihr habt viel junges Gemüse unter euren Fans.« Provokant lächelte sie verschmitzt.

»Und das ist der einzige Grund?« Jo ging ein paar Schritte auf sie zu.

Sie blickte wieder zu Boden. »Na, ich denke eben, es wäre zu kompliziert. Aber Themenwechsel, bitte.« Sie nahm seine Hand und zog ihn schwungvoll vorwärts. »Komm, ich zeig dir was!«

Sie führte ihn zu einem Punkt, von wo aus man die beste Aussicht auf die beleuchtete Skyline hatte.

»Wow!« Joshua war sprachlos. Es sah fantastisch aus. ›Fantastulös!‹

Sie hatte seine Hand nicht losgelassen. Sie genossen die Aussicht und schwiegen.

Nach einigen Minuten blickte Jo auf Sophie hinab. Sie stand weiterhin am Geländer, hielt seine Hand und guckte verträumt in die Ferne. Sie blinzelte, und ihre Wimpern beeindruckten ihn aufs Neue. In diesem Moment wurde er von seinen Emotionen überwältigt. Jo registrierte die Kälte des Novemberabends und die Wärme, die ihre zierliche Hand ausstrahlte. Kleine Atemwölkchen tanzten vor ihrer Nase. In der Luft lag der Geruch des Mains. Jo stand hier mit dem schönsten Mädchen, das er je gesehen hatte, und war absolut glücklich. Sein Herz galoppierte.

Seinem Gefühl folgend, drehte er sie langsam zu sich herum. Schaute ihr tief in die Augen. Sophie wich seinem zärtlichen Blick nicht aus. Josh legte ihr einen Arm um die Taille und zog sie in Zeitlupe an sich heran. Er sah, wie sie ihre Augen schloss. Mit seinen Lippen strich er sanft über ihren Mund und gab ihr einen zarten Kuss. Sophie öffnete ihre Augen und schaute ihn an.

Eine kleine Denkfalte trat zwischen ihre Augenbrauen. Sie atmete durch den geöffneten Mund und formte heiße Wolken in der kalten Luft. Dann schlang sie ihre Arme um Joshuas Hals und küsste ihn leidenschaftlich. Jo hielt sie fest in seinen Armen und erwiderte ihre Zuneigung. Die Welt um ihn herum löste sich auf. In einem Vakuum schwebend verlor er sich in den Gefühlen.

Er fuhr mit der Hand durch ihre langen, seidigen braunen Haare, … als er am Hinterkopf … eine kleine Beule fühlte.

Er blickte sie erschrocken an.

März

JOSHUA PACKTE GERADE seinen großen Rucksack, als es an der Zimmertür klopfte.

»Ja?« Er hielt inne und schaute zur Tür rüber.

Nicklas steckte seinen Kopf hinein. »Oh, du packst schon? Ich dachte, du fährst erst heute Abend?«

»Ähm, nee, ich werde den Zug um kurz nach vier nehmen.« Jo fuhr fort, einige Klamotten zusammen zu legen.

»Ah, okay. Ich wollte auch nur kurz nach dir schauen und eine gute Fahrt wünschen.« Nick betrat das Zimmer und setzte sich auf die Fensterbank.

»Danke! Was machst du übers Wochenende?« Josh war fertig mit dem Packen, schnürte den Rucksack und setzte sich Nick gegenüber auf einen Stuhl.

»Nichts Besonderes. Ich werde mich ein wenig mit Marco zusammensetzen. Wir haben gute Ideen für neue Songs.« Fröhlich grinste er.

»Oh, ja, das ist gut! Wird sicher cool, wenn wir im Mai nach Norwegen ins Studio fahren. Da freu ich mich schon total drauf!« Symbolisch rieb Josh sich die Hände.

Nicklas nickte ernst und betrachtete seinen Freund noch einen Moment. »Und, wie geht's ihr?«, fragte er schließlich.

Joshuas Lächeln verblasste für einen kurzen Moment. Er stand vom Stuhl auf und lief langsam im Zimmer hin und her.

»Ihr geht's gut – den Umständen entsprechend. Die Ärzte haben gesagt, dass sie vollständig gesund werden wird. Sie hatten Angst, dass im Gehirn vielleicht etwas kaputt gegangen ist, weil es bei der dritten Operation Komplikationen gab. Aber sie ist echt tough.« Mit hoffnungsvollem Blick lächelte er verträumt. »Sie wird das schaffen.«

Nick erhob sich ebenfalls und ging auf Josh zu. Ernst sagte er: »Natürlich wird sie das! Heute ist erster Besuchstag, oder?«

»Genau.«

»Und? Bist du aufgeregt?« Neckisch grinste Nick Josh an. Der ließ sich lachend aufs Bett fallen. »Klaro! Ich hab sie kurz nach Weihnachten das letzte Mal gesehen. Ihr ging es damals nicht gut. Aber ich bin froh, dass der Tumor raus ist. Es war schön gestern, mit ihr zu telefonieren.«

»Das war echt knapp bei ihr. Wird es dir schwer fallen im Sommer? Also, wenn wir dann fast drei Monate in Norwegen sind.« Nicklas setzte sich neben Josh aufs Bett.

»Hm, na ja, wir haben dort viel zu tun. Ich werde sicher abgelenkt sein. Außerdem müssen wir mal abwarten, wie sich jetzt alles entwickelt.« Josh zwinkerte seinem Freund zu. »Ihre Eltern sind noch skeptisch.«

Nick lachte. »Ja, der Ruf eines Rockstars ist nicht immer der beste! Du wirst sie sicher noch mit deinem Charme um den Finger wickeln.«

Joshua blickte Nicklas einen Moment ernst an. »Ich hab mich noch gar nicht bei dir bedankt.«

»Ach, jetzt hör aber auf«, wollte Nick unterbrechen.

»Nein, im Ernst, du hast für mich die Geschichte gelesen, du hast mich ermutigt, mit Sophie in Kontakt zu treten. Du hast mir die ganze Zeit über zur Seite gestanden und mich unterstützt. Und letzten Dezember, als Sophie fast gestorben wäre …« Die Stimme von Josh brach eigenartig. Er sammelte und räusperte sich. »... also, du warst echt immer für mich da. Das werde ich dir nie vergessen.«

Nicklas akzeptierte Joshuas Dank gerührt und umarmte ihn. Genau in dem Moment ging die Zimmertür auf, und Tom kam unaufgefordert herein. Als er die beiden sah, rief er: »Hey, ihr beiden Süßen!«

Jo schaute kurz auf und murmelte: »Fresse halten!«

Tom verschränkte die Arme vor der Brust. »Also wenn ihr zwei Täubchen fertig gekuschelt habt, wollt ihr vielleicht mit uns etwas essen?« Er klimperte übertrieben mit den Wimpern.

Josh ließ von Nick ab und stand auf. »Also, ich fahr gleich zum Bahnhof. Ich werde im Zug irgendwas essen.«

»Ach, stimmt, Romeo fährt zu Julia. Was ist mit dir, Dicker?« Tom kniff Nick in den kaum vorhandenen Bauchspeck.

»Ja, ich esse mit.«

Nicklas wollte das Zimmer verlassen, drehte sich aber noch einmal um. »Ach, und Joshi, grüß mir deine Süße. Ich möchte sie gerne bald kennenlernen.«

Joshua reckte einen Daumen in die Luft. »Geht klar!« Er blickte auf die Uhr. »So, ich ruf mir jetzt ein Taxi, und dann hau ich ab!«

Als Joshua später im Zug saß und auf dem Weg nach Frankfurt war, wurde ihm vor Aufregung leicht übel.

Glücklich schaute er aus dem Fenster.

Weitere Veröffentlichungen des **Titus Verlag:**

IVAR LEON MENGERs

Thriller

Darkside Park

Erstes Buch

Ankunft in Porterville

Manche Menschen verschwinden spurlos. Andere kommen völlig verändert zurück. Entdecken Sie das dunkle Geheimnis von Porterville, der scheinbar friedlichen Stadt an der Ostküste Amerikas...! Der Start der spannenden Thriller-Trilogie. Sechs verschiedene Menschen, sechs verschiedene Schicksale und ein Geheimnis, das alles miteinander verbindet. Darkside Park - die mehrfach prämierte Thriller-Serie in drei Büchern. Verfasst von den bekannten Hörspiel-Autoren Hendrik Buchna, Christoph Zachariae, John Beckmann, Simon X. Rost und Raimon Weber.

Taschenbuch - 196 Seiten - 9,90 € - ISBN 978-3-942277-08-2

Thriller

Darkside Park

Zweites Buch

Wege in die Dunkelheit

Was ist das dunkle Geheimnis des ›Frozen King‹? Kann Sarah Freeman ihren Freund Tom retten? Es geht spannend weiter mit dem zweiten Buch von Darkside Park. Sechs verschiedene Menschen, sechs verschiedene Schicksale und ein Geheimnis, das alles miteinander verbindet.

Darkside Park - die mehrfach prämierte Thriller-Serie in drei Büchern. Verfasst von den bekannten Hörspiel-Autoren Hendrik Buchna, Christoph Zachariae, John Beckmann, Simon X. Rost und Raimon Weber.

Taschenbuch - 236 Seiten - 9,90 € - ISBN 978-3-942277-09-9

Weitere Veröffentlichungen des **Titus Verlag:**

Thriller

Darkside Park

Drittes Buch

Das letzte Geheimnis

Das spannende Finale des preisgekrönten Trillers. Erfahren Sie das Geheimnis des ›Darkside Park‹! Auch diesmal verfasst von den bekannten Hörspiel-Autoren Hendrik Buchna, Christoph Zachariae, John Beckmann, Simon X. Rost, Raimon Weber und Ivar Leon Menger.

Taschenbuch - 264 Seiten - 9,90 € - ISBN 978-3-942277-10-5

Erzählung

Der absolute Wahnsinn

von Ursula Nawroth

Der Traum, in einer Idylle zu leben, ist der einzige Wunsch der Familie. Jedoch erweist sich das ruhige Bauernhaus und das Zusammenleben mit dem Vermieter Herr Unehrlich als sehr schwierig, äußerst nervenaufreibend und gesundheitsgefährdend.

Es tun sich unglaubliche Dinge, die kein Mieter erleben möchte - aber letztlich ist es doch das wahre Leben.

Die Autorin Ursula Nawroth berichtet in ihrem Erstlingswerk mit ihrem erfrischenden Humor von einer Geschichte die auf eigenen Erfahrungen basiert.

Taschenbuch - 64 Seiten - 6,90 € - ISBN 978-3-942277-12-9

Weitere Veröffentlichungen des **Titus Verlag:**

Thriller

Schwedenblut

von Sascha Ehlert & Oliver Möntnich

Als ein deutsches Paar den Entschluss gefasst hat, nach Schweden auszuwandern, haben sie noch nicht geahnt, was sie erwahrten sollte. In dem kleinen Ort nördlich des Polarkreises verschwinden Frauen, ohne das sie jemals aufgefunden werden. Als der Hund Stella in der bewaldeten Umgebung jedoch einen menschlichen Finger findet, wird der Stein ins Rollen gebracht.

Die Autoren Sascha Ehlert und Oliver Möntnich, der selbst in Schweden lebt, schaffen in ihrer ersten Zusammenarbeit einen Thriller, der die romantisch anmutende Gegend um Jokkmokk in einem völlig anderen Licht darstellt. Spannung für den hartgesottenen Leser.

Taschenbuch - 9,90 € - ISBN 978-3-942277-22-8

Kriminalroman

Milchshake für Blasius

von Sascha Ehlert

In einem kleinen Dorf im Taunus führt Blasius ein Leben, geprägt vom Alltag. Als er auf Pit trifft, gerät er plötzlich in das für ihn unbekannte Frankfurter Milieu. Blasius gerät an den gefährlichen Barkley und damit in ein Abenteuer um Leben, Tod, Geld und Sex.

Über allem steht zudem bedrohlich die Ankunft des Killers, dem ›Schönen Marcello‹.

Wird Blasius es schaffen, sich aus den Fängen des Milieus zu lösen? Der Autor Sascha Ehlert erzählt die Ereignisse auf seine ganz eigene Art und mit der gewohnten Prise Humor, die auch in einer solchen Kriminalgeschichte nicht fehlen darf. Der Roman erinnert in seiner bildhaften Darstellung an einen Krimi, der markante Charaktere beinhaltet.

Taschenbuch - 236 Seiten - 9,90 € - ISBN 978-3-942277-01-3

Aus der Zahnindianer-Reihe im **Titus Verlag:**

Kinderbuchreihe

Die Zahnindianer – Band 1 Wackel-Zahn wird entführt

von Ehlert/Vilchez

Als die Stinkefußindianer von der Zahn-Fee erfahren, schmieden sie einen Plan: Sie wollen den wackelnden Zahn des kleinen Indianerkindes Wackel-Zahn haben - dazu müssen sie das Mädchen entführen.
Doch Wackel-Zahn, das mutigste aller Indianerkinder, macht dem Häuptling Käse-Fuß einen gehörigen Strich durch die Rechnung. Die Zahnindianer erzählen mit ihrem ersten Abenteuer eine aufregende Geschichte, die sich um die Pflege der Zähne dreht. Mit vielen Zeichnungen und Rätseln werden die kleinen Leser eingebunden. Ein spannender Spaß mit Lerneffekt für lesende Kinder und die, denen noch vorgelesen werden darf.

Hardcover - 64 Seiten - 9,90 € - ISBN 978-3-942277-02-0

Die Zahnindianer – Band 2 Besuch von Cowboy Sammy

von Ehlert/Vilchez

Der Brieffreund von Wackel-Zahn, der kleine Cowboy Sammy, lädt sie zu einem Besuch nach Greenville ein. Überglücklich kommt sie dort an und muss feststellen: Mit der Zahnpflege halten es die Cowboys nicht gerade gut.
Sie kennen ja noch nicht einmal die Zahn-Fee. Als dann Sammy bei den den Zahnindianern übernachten darf, wird ihm erst mal gezeigt, wie man sich ordentlich die Zähne pflegt. Die Abenteuer-Geschichte um die Indianer mit den gesunden Zähnen schaut über den Rand des Dorfes hinaus und unterhält mit lustigen Rätseln zwischen den Kapiteln. Ein Lesespaß für kleine und große Kinder.

Hardcover - 64 Seiten - 9,90 € - ISBN 978-3-942277-21-1

Aus der Zahnindianer-Reihe im **Titus Verlag:**

Wo ist der Zahn für die Zahn-Fee?

Titus-Mini Nr. 1

Broschiert - 16 Seiten - 1,50 € - ISBN 978-3-942277-06-8

Hasen-Zahns Streiche

Titus-Mini Nr. 2

Broschiert - 16 Seiten - 1,50 € - ISBN 978-3-942277-05-1

Krummer-Zahn besucht den Schamanen

Titus-Mini Nr. 3

Broschiert - 16 Seiten - 1,50 € - ISBN 978-3-942277-04-4

Pech-Zahn wartet auf die Zahn-Fee

Titus-Mini Nr. 4

Broschiert - 16 Seiten - 1,50 € - ISBN 978-3-942277-19-8

Die Zahnbürsten sind verschwunden

Titus-Mini Nr. 5

Broschiert - 16 Seiten - 1,50 € - ISBN 978-3-942277-18-1

Die Lachtränen von Frischer-Zahn

Titus-Mini Nr. 6

Broschiert - 16 Seiten - 1,50 € - ISBN 978-3-942277-20-4

TITUS
VERLAG

Bremenstraße 9
65191 Wiesbaden
Telefon 0611-7109703
Telefax 0611-7109704
E-Mail: info@titus-verlag.de
Internet: www.titus-verlag.de